彼方《おち》此方《こち》の空に
粗茶一服

松村栄子

ポプラ社

目次

主な登場人物

友衛《ともえ》遊馬《あすま》……弓・剣・茶の三道を伝える〈坂東《ばんどう》巴流《ともえりゅう》〉家元の嫡男。貧乏流派を継ぐのを厭《いと》い大学受験をすっぽかしたのち、京都に出奔。比叡山での武者修行など、さまざまな体験の後実家に帰還。現在は、家業のかたわら、フリースクールなどを経営するNPO法人に所属。

桂木《かつらぎ》（友衛）佐保《さほ》……京都出奔中の遊馬と出会い、恋仲に。大学進学に際して上京し、友衛家の内弟子になる。卒業して皇宮護衛官に。後に遊馬と結婚。

友衛風馬《かざま》……遊馬の祖父。〈坂東巴流〉第九代家元。

友衛秀馬《ほつま》……遊馬の父。〈坂東巴流〉当代家元。

友衛公子《きみこ》……遊馬の母。

友衛行馬《いくま》……遊馬の弟。〈坂東巴流〉と縁の深い京都の〈宗家《そうけ》巴流《ともえりゅう》〉家元・巴家に寄宿していた。

友衛菊路《きくじ》……風馬の妻。故人。カンナの師。

伊織《いおり》……友衛家の内弟子。遊馬を慕って中学卒業後、京都から上京した。本名・宮《みや》本一郎《もといちろう》。

水川《みながわ》珠樹《たまき》……遊馬の弟子。〈華道水川流〉の家元令嬢。

ミラン・トマシェビッチ……セルビア人ながら日本古武道の達人。茶の湯は遊馬が教えた。

今出川《いまでがわ》カンナ……遊馬のお目付け役。幸麿と結婚するまで友衛家の内弟子だった。

今出川幸麿《ゆきまろ》……カンナの夫。本職は数学講師だが、平安装束でテレビ出演することも多い。最近乞われて公家流〈宝華院御流《ほうげいんごりゅう》〉の家元を襲名した。

今出川 希《のぞみ》……カンナと幸麿の長女。

今出川 典《つかさ》……カンナと幸麿の長男。

武藤弥一《むとうやいち》……友衛家に住み込む古参の門人。遊馬の教育係。カンナの祖父。

＊

三波呉服店店主《みなみごふくてん》……友衛家に近い商店街に店を構える。

博心寺《はくしんじ》の和尚《おしょう》……友衛家に隣接する禅寺の住職。

＊

高田《たかだ》 翠《みどり》……遊馬の友人。実家は京都で畳屋を営んでいる。

久美《くみ》……翠の友人。遊馬の友人・萩田《はぎた》のガールフレンドだった。

坊城《ぼうじょう》 哲哉《てつや》……遊馬の京都時代の茶友。〈宗家巴流〉茶人。翠の幼な友達。

高田志乃《しの》……〈宗家巴流〉茶人。家出中の遊馬を居候《いそうろう》させていた。翠の祖母。

巴《ともえ》 眞由子《まゆこ》……京都の〈宗家巴流〉家元・巴家の次女。行馬の婚約者。

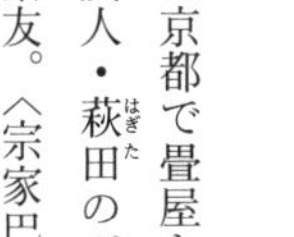

装丁　松岡史恵（ニジソラ）
装画　柴田ゆう

一、三波《みなみ》呉服店《ごふくてん》の段

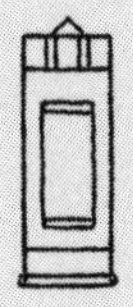

人間てぇのは、つくづく身体《からだ》が資本ですな。まだ六十五だってぇのに半身不随たぁ、情けねぇことです。日がなこうして帳場から通り眺めてるだけでして。

しかも、往来を行くひとはけっこう多いのに、誰ひとり店に入ってこようとしない。ちらっとウインドウ眺めて、ああ、自分には縁のない店だって決め込んじまうか、ちょっと興味がありそうなそぶりのご婦人は、店の奥からこっちが見つめてるのに気づくと、ひゃっと驚いたようにその場を離れる。何が、ひゃっだ、こちとら鬼じゃありませんよ、とって喰《く》うわけじゃなし。

どうも呉服屋なんてもんは、一歩足を踏み入れたら最後、何か買わずには出てこれない恐ろしい店と思われてるようです。敷居が高いってね。高いも何も、うちなんざ建て付けの悪いガラス戸の敷居があるばっかりでね、歪《ゆが》んでますけど一応バリアフリーですよ、なんてね。ま、直したくてもこう不景気じゃそれもできねぇってんで、たいがい開けっ放しです。

そらぁね、数百円でTシャツが買えるこのご時世、一万円も出したら恥ずかしくない洋服が買えんでしょ、十万円なら威張れんでしょう。それが着物じゃ最低ラインですからね、高いって気持ちは、わかりますよ。だけど、せっかく日本人に生まれたんだ。まして女のひとだったらさ、綺麗なおべべ着てしゃなりしゃなり歩いてみたいって思わないものですかね。和服美人、いいでしょう。美人でなくたって誰でも五割増しくらいにはなりますからね、着物さえ着てたら。

それに、正絹《しょうけん》でなくたって綿やウールの着物とか、新品お誂《あつら》えでなくたって古着のいいのとか、その気になれば安上がりに楽しむ工夫だってなくはないんですよ。ほんとに着物好きなお客さんなら、それだけでこっちも嬉《うれ》しいもんです。採算度外視でいろいろ相談にだってのりますよ。若い子ならなおさらね、いきなり高い着物押しつけたりするもんですか。

ああ、でもそう言うと、あれですよ。今度は、着られないって言うんだ。洋服は馬鹿でも羽織《はお》れば着られるけど、和服は難しくって着られないって。着るのが難しい服って……それがほんとなら、そりゃあ、何か間違ってますわね。月謝払って着方を教わらないと着られないんじゃゃね。でも、昔のひとは普通に着てたんだがなぁ。

あたしなんざ、身体が不自由になってむしろ着物のありがたさがよーくわかった手合いで。ズボン穿《は》くのは大変だけど、着物なら大丈夫です。女房に偉そうな顔されて手伝われないでも、なんとか自分で着られますわ。

まあ、自分で服が着られるって威張ってるんじゃ三歳の孫と変わりませんが。

これでも、卒中で倒れる前はね、そりゃあよく働いてこの店を切り盛りしてたんですよ。昔からの上客もけっこうついていてたし、商店街の中でもぶいぶい言わせてたもんです。けど、考えてみりゃ、あの頃はバブル景気で、特に才覚のない人間でも普通にしてたら儲《もう》かる時代だったんですな。総絞りの振袖《ふりそで》も西陣《にしじん》の帯もよく売れましたっけ。組合の例会っていえば深川《ふかがわ》に芸者あげてどんちゃんしたもんだし、お客さん引き連れて京都旅行なんてのもありましたねぇ。

それが、なーんか雲行き怪しくなってね、〈バブル崩壊〉なんて世間では言ってたけど、銀行様まで潰れ始めたときには、さすがのあたしも青ざめたもんです。お客の財布の紐も堅くなるしね。うちなんかまだ小さな店ひとつのことだから、抱えた在庫にもおのずと限度ってものがあったけど、大店《おおだな》は危ないとこたくさんありました。本業じゃなく投機筋で資金を運用してたとこなんかは、そっちで持ってかれて潰れたりね。

あおりをくってこっちまで倒れないようにって必死で駆けずり回って、けっこう無理してたんですかね。酒の量も増えたし。なんとか店は倒れずすんだが、自分が倒れちまいましてね。幸い生還しましたけど、身体半分動かないってんですからもうびっくりしたね。

これでもね、快復したほうですよ。杖をついたらひとりでも歩けるようになりましたしね。顔が半分動かなくて怖そうなのはしょうがないやね。無理して笑おうとすると余計怖いらしいんで。喋《しゃべ》った言葉が通じるようになっただけでも大進歩だ。

入院だの手術だのでしばらく店閉めてましたでしょ。ようやく退院して店を開けた頃には、もう、着物なんざ誰も見向きもしなくなってましたね。売れるのはプリント柄の浴衣《ゆかた》だけ。商店街の中でさえ、誰も着物なんか仕立てない。七五三も成人式もレンタルでいいそうです。

そうなると、いい着物をウィンドウに飾っても日に灼《や》けちまうだけ無駄だからってんで奥に仕舞い込む。店先は、夏なら浴衣、冬なら褞袍《どてら》みたいなものだけになって、だんだん呉服屋の体《てい》を成さなくなってくる。ほとんど開店休業状態で、店はただあたしが座るためだけに開けてるようなもんで。それじゃあ生活が立ちゆきませんからね、女房が着付け教室で働き始めて、それでなんとかふたり糊口《ここう》をしのいでるようなわけで。

こんな暮らしも冴えないし恥ずかしいし、かといって店を立て直す気力も湧いちゃこないし、ようやく年金をもらえる歳になったんだ、ふたりでどこか景色のいいとこにある老人ホームにでも入ったらどうかななんて思うんですよ。え、早い？　でも、サラリーマンなら引退していい歳でしょ。最近は施設も増えてきましたし、どうせ入るなら元気なうちから入っとくほうが得だって聞きますしね。バブルの頃ほどでなくても、この店を売ったらそれくらいにはなるんじゃないかってね。

そう本気で考え始めた矢先に、何てこった、嫁に行ってた娘が出戻ってきたんですわ。孫を連れて。これには弱りました。住みつかれては店が売れない。だからって小っちゃな子ども抱えた娘を放り出すのも不憫《ふびん》だ。本人は、あたしらの面倒を見てやるというようなつもりで、居候《いそうろう》のくせに何やら恩着せがましい。こっちは身内に面倒見られたくないからホームに行きたいわけなんだが、そういうのは理解してもらえませんわね。

この娘ってのは、出来がいいんだか悪いんだか、半端な大学行ったって玉の輿《こし》に乗れるわけじゃなし無駄だからって高卒で地元の信用金庫に就職して、就職したと思ったらすぐ上司に見初《みそ》められて、成人式より先に結婚式あげて家を出て行ったんですが、十年間子宝に恵まれなくてこっちが心配しているうちは何ともなくて、ようやく子どもを授かってやれやれと安心した頃になって、ダンナに浮気されたって憤怒の形相で戻ってきたんですわ。どうやらこのダンナはうちの娘がどうこうっていうより、若い子が好きなんですな。浮気相手というのがまた二十歳《はたち》そこそこの小娘だったらしい。

それはどうでもいいんですが、この娘、ああ、絹江《きぬえ》っていいますが、帰ってくると帳場の奥に半畳くれと言ってパソコン置きましてね、そこで商売始めました。インターネットに店を持ってるんだそうで、〈きものこものシルキー〉って、なんかもこもこ、、、したヘンテコな名なんでさ。店ったってほんとの店じゃないんです、見てくれのいい広告を作ってインターネットにのせて、インターネットで注文を受ける。お客さんの顔も見なければ、口もきかない。揉《も》み手する必要もないのよなんて笑ってました。

てやんでぇ、商売ってのは信用が命だ。そんな得体の知れねぇ店に客がつくもんかと顔半分で笑ったもんでしたが、それでも毎日発送する荷の数を見ているとけっこう売れてるんですかね。ったって千円二千円のものだろうからたかが知れてますが、でもあたしのほうは、恥ずかしい話、ひとりも客の来ない日もあるくらいだから笑ってもいられないのかもしれません。

最近じゃあ、遠慮も気兼ねもなくうちの倉庫を漁ってますわ。売れそうなものは体裁よく写真撮ってね、売れそうもないものは容赦《ようしゃ》なく切り刻んで髪飾り作ったり細く撚《よ》ってメガネ紐にしたり。帯地なんかは、高級数寄屋袋《すきやぶくろ》に化けたりしてました。最近じゃ、小物の作り方教えて授業料とって、ちゃっかり下請け要員も確保したそうで。

こっちの店先に自分の商品を並べたりして、もう、したい放題です。

「お父さん、これ、けっこう可愛《かわい》いと思うけど、難アリなの？」

すぐに振り向くのが難しいとわかってるので、こっちの目の前にぐいと反物を突き出してくる。茜色《あかねいろ》の京小紋《きょうこもん》だね。老眼鏡を掛けてしばらく見つめてたら思い出した。

「いい柄だろ。それに地の色が何ともいえずいい。派手というんじゃないが華やぎがある。若い子が着たらさぞ映えるだろうと思って、ずっと店先に置いておいたらいつのまにか灼けちまったんだな、端《はし》のほうが。きっちり一反とれないだろう、もう」

一反というのは、だいたい十二メートルですな。着物一着分です。実際には、少し余るもんですがね。

「じゃあ、仕立てあがりで出そう。それなら問題ない」

仕立ててしまえば、端が使えなかったことはごまかせるってことでしょう。

「寸法どうするんだ」

「こっちで決めてM寸ってことで。今の子たちに寸法なんて聞いてもわかんないのよ、自分のサイズが」

着物ってのは基本、オーダーメイドで、身幅袖幅ひとりひとり違うもんです。襦袢《じゅばん》も着物に合わせて作るから、合ってないとまずい。けど、メールでやりとりするんじゃ、実際に測ってやることはできない。吊《つる》しの浴衣を買うような感覚で小紋も買うらしい。そんなんでいいんですかねぇ。娘に言わせると、若い子が少しでも簡単に買えるようにしてやるのが営業努力ってもんなんだそうで。和装業界にはそれが足りないんだそうです。

「ミシン縫いならもっと安くできるし」

もったいない話です。触ってみればわかる今どき珍しいしっかりした生地です。品のいい茜色で染めた上に草花の輪を散らしてある。〈四君子《しくんし》〉だ。

「シクンシって何?」

「よく見てみろ、この輪っか。絡んでいるのは梅だろ、竹だろ、蘭だろ、菊だろ。この四つはよ、どれも君子のように気品があるってんで、植物の中の四君子と呼ばれてんだ。たかが小紋の着物だが、着る人の教養がにじみ出るような逸品じゃねぇか。ミシンでだだーっとM寸だかL寸だかにされたんじゃ泣くね」

「だったらなんで売れ残ってるの」

「それは……、なんでだろうなぁ」

娘は呆《あき》れたように反物を脇へ退け、今度は古い畳紙《たとうし》を引き寄せました。紙縒紐《こよりひも》を解くと、中は丁子色《ちょうじいろ》の〈辻《つじ》が花《はな》〉です。

「これは？」

「そいつはダメだ。触るな！」

「なんで怒鳴るのよ。もったいないじゃない。すごくいいものじゃないの？」

いいものです。よすぎるんです。訳あって売り損なって、しかし、どうしても店に出す気になれずにいて、かれこれ十年ですか。訳は言ってません。恥ずかしくてね。

娘も三十過ぎて出戻りともなると強いもんです、何か言い返そうとしたんでしょう、大きく息を吸ったところで、ハッと止めた。

「今の、お味噌屋のおばさん？」

サンダルをつっかけて戸口に走ります。店の前を味噌屋の女房が通ったんですな。別に不思議じゃありません。同じ商店街なんですから、日に何度通ってもおかしかない。が、いつもはてれんとした洋装なのに、今日は着物着てました。なにやらレインボーカラーみたいなぼかしの妙な着物です。

「あれ、お父さんが見立てたの？　うちで買った着物？」

そうじゃありません。そうではないし、以前から持っていたものでもない。最近誂えたんでしょう。わざとこっちを見ないようにして足早に行きましたから。

「なんでよ。着物は売れない時代だって、お父さん、売れてるじゃない。売れてないの、うちだけじゃない？　だいたい、なんで同じ商店街のひとが、うちじゃなくてわざわざよその呉服屋へ行くわけ？　ひどくない？」

「心配するな。うちも味噌はあそこでは買わない」

「はぁ？」

あたしは金輪際あの店には行くまいと決めてますし、女房にもそう言ってあります。味噌はよそで買え。あたしがこんな身体になったのも、もとを正せばあの味噌屋のせいだ。

「お父さん……」

「ふん」

あれは、バブルってのが弾けて五、六年もした頃でしたかね。仕入れ先だのお得意さんだのがいくつか倒れて、あたしも青くなってた頃だった。商店会の会長が気まずそうに店に入ってきて、こう言った。

「三波《みなみ》さん、いつも祭り用にお願いしている商店街の半被《はっぴ》なんだがね、こないだ役員会があって、なにも毎年新調しなくてもよろしいのではないかという話になってね、すまないが今年は注文しないことになった」

そりゃあね、どこも緊縮財政だ。無駄を省きましょうって申し合わせがあったのも知ってる。けど、祭りだよ。縁起《えんぎ》もんじゃねぇか。そんなもんまでケチってこの先この商店街に未来はあるのかね。特に高いもんじゃねぇや。一枚一万円くらいのもんだ。背中には神社の紋、襟《えり》には商店街のマークとそれぞれの店の名を真っ白に抜いてさ、普段でも年中羽織れるようにしてやってんだ。祭りになったら新調したほうが気分がいいだろう。

そう言ってやったんですがね、会長はあたしが羽織ってる半被のこんぺいとうのマークを悲しそうに見てさ、他の店では普段はあまり着てないんだなぁと頭の後ろを掻《か》く。困ったなぁというポーズでさ。

いや、わかるよ。安く済ませるんだったらぺらぺらの半被を千円もしないで入れられるだろう。赤だの青だの黄色だの派手なやつだ。でも、ただのバーゲンセールじゃないんだ、神様がからんでるんでぇ。町内や神社の格を落としたらならねえと思うから、いいもの選んで、商売抜きで融通してきたんだよ。どれくらいかねぇ、けっこう長いことずーっとね。でも、しっかりしたものだからこそ、そりゃあ、使おうと思えば、去年のでも一昨年のでも、全然オーケーだろうよ。味噌屋の亭主がそう言い出して、新調するのは五年にいっぺんと決まったんだそうだ。

ただささ、こちとらちょいと事情があって資金繰りが厳しかったのと、親の葬式だの法事だの重なった後で、小口の支払いにその半被代を当て込んでたもんだから、なんだかそのときはうまくいかない諸々の心配事がいちどきに頭ん中巡ってカーッとなっちまった。その晩、酒あおりながら倒れて、救急車ですわ。

半被が原因であたしが倒れたってんで、商店街じゃあ、みんな気の毒がって、悪いことしたなって、やっぱり今年も三波さんに頼むことになりましたからって、会長さんが見舞いがてら来て言ったそうだけど、いまさら同情されたって屁の突っ張りにもならねぇ、こっちから断っとけって女房には言いました。ま、ほんとは、商売抜きとか言ってながら、そんな代金を当てにしていた自分が情けなかったんだが。

娘は何か説教したそうなそぶりであたしの前に仁王立ちになったけど、何か言う前に気が抜けたらしく、淋《さみ》しそうに店の中を見回しました。それから往来に出て、道の向こうからこれみよがしに店の看板を眺めてる。そういえば、あたしはリハビリ生活になってからこっち、あんなふうに自分の店の外観をとっくり眺めたことがない。時間になるとそそくさとシャッター下ろして奥に引っ込んじまうだけでね。だって見なくたってわかろうというもんだ。活気のない店の看板がどんなふうに見えるかってののはさ。

あたしが店を継いだときに、それまでの無垢板《むくいた》の重そうなのをはずして、アクリル板のモダンな看板にしたんです。藍色《あいいろ》の地に店の名を白く抜いてね、夜ともなれば中の蛍光灯が光ってくっきり店名を映し出すってわけです。でもよく考えたら夜に着物を買いに来るひとはいないし、電気代も無駄だからってんで、久しく電気を入れたことはないんですがね。

たしか角にちょっとヒビが入ってたはずです。いつだったか台風で飛んできた何かが当たったんだ。あの頃ちょっとだったら、今はもっとひどいかもしれない。けど修理する余裕はありませんし、埃《ほこり》くらい払おうったって、あたしにはハシゴに乗ることさえできないんで。

店の正面はだいたいガラス張りでね、店内が見通せないとよくないと思って、暖簾《のれん》も小さなのに替えたんだ。今も掛かってんでしょ、あれです。億劫《おっくう》だから営業中も休業中も掛けっぱなしだ、ははは。

入口の脇に幅が一間《いっけん》弱のショウウインドウもありますが、今そこに吊してあるのは、娘が流行遅れの黒留《くろとめ》をリフォームしたブラウスとドレスなんてしろもので、いよいよ何屋かわからねぇようなありさまですが、やっこさん、そこで思い出したらしい、例のもこもこ店でブラウスのほうが売れたんで、それを外すところだったんですよ。代わりに何か置いとかなくちゃってんで、倉庫を漁ってたわけなんで。

それにしても、和服なんだか洋服なんだかわからないようなものを娘が飾ったときには、また珍妙なもの置きやがってとも思ったけど、ここで日がな眺めてると、反物を掛けてたときよりは幾分人目をひくみたいで、ときどき立ち止まって眺めるご婦人もなくはない。ま、あたしと目が合うと、たいていひゃっと立ち去っちまうんですがね。

今も、若い女の子がぼーっと眺めているのに娘がひとことふたこと声を掛けてる。さすがだね、逃げませんわ。

「あの子、何だって?」

外したブラウスを抱えて戻った娘に聞きました。外にいるのは、最近よく見かける女の子なんで。いっつも長い弓を持って通るから目に留まる。

「〈京呉服〉って何ですか、だって」

「へ?」

「ほら、うちの看板、〈京呉服みなみ〉って書いてあるでしょ。東京にあるのに、どうして〈京呉服〉なのかなって、いつも思ってたんですって」

ああ、そんなことかい。呉服って言えば京都だ。〈京都〉と名が付けば何でも五割増しになるから付けといたまでで、特に意味なんかありゃしません。〈高級呉服〉って勝手に言ってるのとおんなじだ。

「なーんだ、あの子はここ通るたびに、どこが京都風なんだろう、東京の着物とどこが違うんだろうってずっと考えてたみたいよ。京都出身なんだって」

娘はまだそこにいた女の子においでおいでと手招きをする。

女の子は二、三度身体を横に揺らしてから、入ってきました。化粧っ気のない、清《せい》楚《そ》な感じの子だ。

うちの娘のほうは、ブラウスでも畳んでいるのか後ろへすっこんで、そっから大きな声であたしの背中越しに話すんです。〈京呉服〉の文字に特に意味はないんですって、とかね。その声がでかすぎるんで、うるせえよってあたしが怒鳴ると、あたしの目の前には女の子が立っていて、この子がビクッと固まった。

「ああ、お嬢さんに言ったんじゃありませんよ。すみませんね、首がうまく動かないんで。後ろのアイツに言ったんです」

女の子はわかったと言う代わりに小さく首をすくめた。すると、また後ろからやかましい声が言うんだ。

「じゃあ、京呉服って言っても、東京の着物と違いはないわけなの？」

「んなわけないだろう。違うに決まってんだろ。京友禅《きょうゆうぜん》と江戸小紋じゃ全然違う。万事、京風と江戸風じゃ正反対だ」

あれでしょ、京都じゃ〈はんなり〉とか言うんでしょう。華やかなもの優しげなものが好まれる。もとがお公家《くげ》趣味だ。江戸はといえば〈贅沢《ぜいたく》は敵〉的なお武家趣味だからね、お洒落《しゃれ》といっても正面からは攻めない。表はすっきり粋に着こなして、贅沢したけりゃこっそり裏地に凝《こ》るみたいなのが尊敬される。

娘が小さかった頃は店に入るのを許しませんでしたし、おとなになったと思ったらさっさと嫁に行っちまったんで、呉服のことなんか何にも教育してやしません。見知らぬお嬢さんの疑問にかこつけて、ここぞとばかりにあれこれ聞いてきます。だから、あたしも教えてやりましたよ。前向いたまんまね。

仕立てでも東西で違うことがよくあります。襟や袖口《そでぐち》にする細かなぐし縫いを関西では大切にしますが、色の濃い着物でも白い糸でしてくるものだから、東の人間は野暮だってんで取っちまうことがあるんだとか、長襦袢の襟付けも違ってて、ふくよかな人には関西風のほうがいいんだとか、しかし長襦袢の袖は、関西風だと袂《たもと》を袋状に閉じないから、小銭やピンなんか入れておくと袖の中で行方《ゆくえ》不明になっちまうとか。草履《ぞうり》の形も関東のほうがほっそりしているとか、踵《かかと》に段のあるのは関東の好みだとか、帯の柄も東西で裏表になっちまうとか、いろいろありますわね。

質問は背中の後ろから来る。あたしは前見たまんま後ろに聞かせたくてがなる。後遺症でまだ少し言語不明瞭なんで余計頑張って声を張り上げる。

京都から来たとかいうお嬢さんは、まあ、はっきり言って怯《おび》えてたね。

「あ、ありがとうございます。そんなにいろいろ違《ちご》てるとは知らんかって、勉強になりました」

恐る恐る後ずさるから、くるりと背を向ける前にあたしも気になっていたことをひとつ尋ねてみた。

「お嬢さん、どこで弓引いてるんだい」

あたしが感心したことには、そう聞かれると、その子は、答える前に一瞬、気をつけの姿勢をした。まるで、戦時中、天皇陛下の名を口にする前に兵隊さんがしたみたいにね。

「〈坂東巴流《ばんどうともえりゅう》〉の道場です」

やっぱりな。方角的にそうなんじゃないかと思ったんだ。

「あ、ご存じですか！　東京でも知りはらへんひとのほうが多いみたいですけど」

「まあ、そうかもしれない」

「わたし、内弟子です。って、まだ、なったばっかりやけど。今は道場から大学に通てるんです」

さっきまで怯えてたのが、急にうちとけてきて、ニコッと笑った。佐保《さほ》ちゃんというらしい。高校生に見えたけど、大学一年生だってさ。

「へーえ、するってぇと、友衛《ともえ》さんちの居候かい、あんた」

「お家元のことも？」

「ああ、よく知ってるよ。昔はお得意さんだったからね。現にこの着物だってな……」

アッと思ったときには遅かった。奥から娘がツツッと寄ってきて、畳紙の前に正座してる。この着物がどうしました？　って顔でね。さっき怒鳴ってごまかした丁子色の〈辻が花〉だ。しょーがねーか。

「菊路《きくじ》さんの着物だよ、これは」

「キクジさん？」

坂東巴流、先代の家元夫人、友衛菊路。〈坂東巴流〉ってぇのは、武道と茶道を教えている小さな流派でね、家元の道場は、こっからわりと近い。

菊路さんは、三波呉服店創業以来のお得意さんだった。もともとはうちの親父と友衛家の先代が知り合いだったとかで、店を開いて一番に来てくれたのは友衛さんだって親父はずいぶん感謝してた。

まあ、家元ったって当時は寺の離れで何人か教えている程度のことで、売る物がない分、内情はうちより厳しかったんだろう、無理な物お薦めしちゃいけねぇよって親父がわざわざあたしに注意したくらいだ。けど、お弟子さんたちに和服が入用《いりよう》なときにはうちを紹介してくだすったから、それはありがたかったもんだ。だいたいお弟子さんのほうが家元より豊かそうだったね、あすこは。

ところが、菊路さんの息子、つまり当代の家元んとこへ来たお嫁さんは、娘時代から贔屓《ひいき》の呉服屋が銀座《ぎんざ》にあるとかで、そっちに義理立てして、うちからは襦袢一枚買ってくれなかった。このお嫁さんが家ん中を差配するようになってから、うちはとんとお見限り。今じゃ、あの家ともご一門ともほとんど取引がなくなっちまって。なんだねぇ、山の手のひとだろう、あの若奥様は。下々《しもじも》の暮らし向きには気が回らないんだね。つんと澄ました感じでさ、いや、うちの女房に言わせればただお上品なだけなんだそうだが、なんといっても菊路さんは下町育ちの気さくなひとだったからねぇ。

小柄でちょっと固太りなかんじだったね。何ごとにつけ厳しかったから、一見怖そうにも見えたけど、中味は親切で面倒見のいいひとだった。それも恩着せがましい親切じゃないんだ。お客を紹介してくれるのだって、引き連れて店に来たりはしない。さりげなくうちの店のことを誉めてくれるから客が自分で来てくれる。武家流だからかどうかしらないが、とにかく相手の誇りってのを大切にしてくれたね。

似た話は他でもよく聞いたよ。中でも、菊路さんと高校の同窓だというご婦人がいてさ、いつだったかご亭主がなにかしくじって経営している菓子工場が危なくなったときに、菊路さんが助けてくれたらしい。直接融通してくれたわけじゃないが、難しかった融資を受けられたのは、菊路さんが一肌脱いでくれたおかげだったってことを、そのひとはずいぶん後になってから知ったんだそうだ。

おかげで工場は持ち直して、いくつかヒット商品も重なって、あれよあれよという間に高級ブランドの仲間入りだ。直営のカフェってのがまたよく当たって、しまいには海外まで進出しちまった。そのときに、その社長夫人がうちに来て言ったんだ。

「何もかも菊路さんのおかげですよ。あのときはほんとに夫婦して首くくらなくちゃというところまで追い詰められたんだから。いくら感謝してもしたりない。せめて御礼に何かさせていただきたくて、お着物はどうかと思ったの。ご自分では贅沢なさらない方でしょう。この際、うんと豪華なものがいいわ。おかげさまで今ならゆとりがありますから、お代のことは気にしなくてかまわない。家元夫人にふさわしい一品を誂えてくださいな。ええ、菊路さんもわたくしには内緒でされたのだから、こちらも内緒でね。辻が花？　ああ、けっこうだわ。日本一の辻が花をお願いしてちょうだい。五年でも十年でも待ちますよ」

よほど景気がよかったんでしょ、金襴《きんらん》の打ち掛けでもオーケーな勢いでしたが、菊路さんの好みを考えれば辻が花であってもごく控えめな柄ゆき、お歳から言っても深みのある色合いがよろしいかってんで……え、〈辻が花〉が何かって？

佐保ちゃんが聞くから、あたしは畳紙を広げて説明しました。〈辻が花〉ってのは絞り染めの手法のことです。布の一部をつまみ上げてぐるぐる糸で縛り上げると、染料に浸けても縛った部分には色が入らない。後で広げたら円く中が染め残る。絵柄に合わせて大きく絞ったり小さく絞ったり、丸く絞ったり四角く絞ったりして、部分部分で染め分けることで文様を描き出す。筆で直接絵を描き込める〈友禅〉が出てくるまでは、こんな手間ひまかけて柄を出してたんですな。今じゃ〈幻《まぼろし》の染め〉なんて言われてます。仕上がると、絞った分だけしぼができて、なんとなしふわふわ立体感が出て、柄も華やかなものが多いし、豪華な印象になるもんだ。

金に糸目はつけないなんて言われたら、うっかりすると水商売の人間しか着られないような派手なものができちまいますから、そこをなるべく落ち着いた品のいいものにしようってんで、何度も細かく打ち合わせをしたね、間に問屋さんに入ってもらって有名な作家先生にお願いしたんですよ。最高級品を仕立てようってんですからね、そりゃあ、白生地の選別からでしょう。いい生地を仕入れて、いい絵を起こしてもらって、いい色に染めてもらう。けっこう面倒なもんです。そのうち、すべてあたしに任せるからできあがったら呼んでくれと、依頼した奥方は内金だけ置いていった。二十万円ほど。仕上がったら二、三百万はするかんじでしたからね。当時だったら五百万くらいかるく値が付いたでしょう。

とにかくそんな時代だったんですよ。往来に札束が飛びかっているようなね。お願いした作家先生はその後に人間国宝に指定されたほどのひとで、作品は高価だったのに、それでもあの頃は注文が殺到してた。弟子任せの流れ作業ではすませない先生だったから、今から注文しても十年待ちって言われたね。菊路さんから受けた恩は、十年掛かりで拵えた着物にも値するって、あの方はむしろ喜んでましたっけ。

菊路さんがね、あんなに早く逝《い》ってしまうとはまさか思わなかったからねぇ、あのときは。癌《がん》だったって。発見が遅れたこともあったけど、病院で切った張ったされるのも妙な薬を山ほど飲まされるのもごめんだと言って、最期《さいご》まで気丈に稽古を続けてたらしい。だから、身内以外は病気だなんて知らなかったんじゃないですかね。亡くなったって聞いたときは、そりゃあびっくりした。還暦かそこらだったでしょう。早すぎましたね。

注文していた着物は、その翌年できてきた。十年待つつもりでいたのが五年かからなかったのは、バブルが弾けたかららしい。今度はキャンセル殺到ってわけだ。

呆れたことに、仲介を頼んだ問屋は、これをいきなり仕立てて持ってきた。そりゃないだろうってあたしは怒りましたよ。だってそうだろう、特注の品だよ、染め上がったら上がったでこんな具合になりましたって見せに来るのが普通だろ、もしかしたら直して欲しいとこがあるかもしれない。それでいいということになってから八掛《はっかけ》だって胴裏《どううら》だって選ぶもんだ。第一、あたしは問屋に仕立てを頼むとはひとことも言ってない。問屋の仕事は、着尺を納入するとこまでのはずなんだ。

が、確信犯だったんだね。たしかに問屋のツテで仕立てを頼んだことも何度かはあって、菊路さんの寸法は向こうも知ってた。菊路さんが死んだことを知ってて死んだ人の寸法で仕立ててきたんだ。つまりさ、着るはずのひとが死んだからって、ここまできたものをキャンセルされたら大ごとだってわけだ。そういう損が多かったんだろう。

「余計なことしたから仕立て代はまけとくよ。だけどどうか百五十万はもってくれ。

ほんとなら二百万と言いたいところだけど、こんなご時世だ、仕方ない。そうでないと、あれだけの先生が干上がっちまうよ。こんなに丹精込めた仕事してくれてんのに気の毒じゃねぇか。ひでぇ依頼人がたくさんいてさ、注文した品を引き取りにもこねぇでトンズラした業者もいるらしいや。職人たちがみんな泣いてる」

まあ、仕上がりは素晴らしかったんですよ。問屋が選んだ八掛も仕立ても文句つけるとこなかったんで、あたしはどうしましょうと工場の奥方に連絡をした。菊路さんに着てもらうことはできなかったが、それならご本人が召してもいいわけだ。菊路さん用に仕立てちまったのはこちらの不手際だが、それくらいは言って直させる。

ところがさ、連絡がつかねぇのよ。社長夫人に。あれだけ羽振りがよかったから引っ越したのかなって、自宅がだめなら工場のほうにって、調べて電話してみたけど誰も出ない。あたしも迂闊《うかつ》っていうか間抜けっていうか、これだけ同業者がばたばた倒産してるのに、菓子工場が消えるとはついぞ思わなかったんだね。

うちみたいな小さな店ではけっこうな打撃でした。内金もらってたとは言っても、百万円以上の損害だ。まあ、こっから先は、ふたりには言いませんけどね。

あのとき、友衛さんちに行ってこれこれと事情を話したらよかったんですかね。先代なら奥方の形見にと引き取ってくれたかもしれません。ご本人も知らないところで仕立てられた着物だから、筋違いっちゃあ筋違いだが、あのご先代もけっこう器の大きなひとだからね。

でも、行けなかった。今にして思えば、若奥様への意地かな。勝手に思い込んでたんです、きっとちんけな呉服屋だと思って馬鹿にしてんだろうって。そこへ勝手に拵えた着物もってのこのこ出かけたら、人様《ひとさま》の不幸に乗じてたかりに来たとしか思われないんじゃないかってね。

と言って、よそへ売り飛ばすこともできゃしない。やっぱり菊路さんのための着物なんですよ。この細かな菊花紋様。花びら一枚一枚絞ってある。こんなことはやっぱりこの先生でなけりゃできない技です。こっくりした丁子色の地に野菊から乱菊までの菊尽くしが、肩からすーっと裾《すそ》へ流れて、色とりどりなのに抑えに抑えた色合いがなんとも奥ゆかしい。金彩《きんだみ》でさえ品がいい。いくら渋好みの菊路さんだって、これなら文句のつけようはなかったと思うよ。それでいて本人には見えない後ろの裾にだけ刺繡《ししゅう》の散らしてあるのなんか洒落てるじゃないか。歩く度に花びらがこぼれて匂うようだ。

ああ、そうして何より下前《したまえ》には、作家先生の落款《らっかん》と菊路さんの為書きがある。よそへ売るにはこの名を消さないとならない。そんなことできますかい。

　話がずいぶん長かったんでね、佐保ちゃんの姿はいつの間にか消えてました。内弟子ってんだから、そうそう悠長に油売ってもいられなかったんでしょう。オヤジの愚《ぐ》痴《ち》に辟易《へきえき》したのかもしれないやね。

　娘のほうは、あたしの言うことにはお構いなしに、次の日だったかその次の日だったか黒留ドレスも売れると空いたショウウインドウに衣桁《いこう》を広げて、この辻が花を掛けちまった。さすがに値札は出さないみたいですが。

　あたしはふてくされて、あいかわらず帳場からぼーっと外を眺める日々だ。けど、これまで素通りしていたひとが、行きかけてふっと振り返ったりするから、正直ですな。味噌屋の女房にいたっては、ずかずか店に乗り込んできてあれはいくらだと聞いたからね。これには驚いた。五百万円だと言ってやりましたよ。ふっかけたわけじゃない。これくらいが適正な価格ですよ、実際。やっこさん、鳩が豆鉄砲喰らったような顔してました。ざまぁみろってんだ。それだけでも、スッとした。

　しかし、まぁ、値段のこともあるし為書きのこともありますから、ここで買い手が付くとは思いません。数日、風を通すのを黙認してるだけです。こっちは暇ですから、ひやかしの客が来たらそれはそれで退屈しのぎになるかって感じですね。だから、「これ下さい」って飴玉《あめだま》でも買うみたいに声を掛けられたときには、意味がわかりませんでした。いつもの弓を抱えた佐保ちゃんが、戸口でウインドウを指さしてました。

「どうしたね、若奥さんに話しちまったのかい？」

「奥様には話してません。誰にも言うてません。わたしが買いたいんです」

あたしはこの子に何を言ったかなと数日前のことを思い返してみた。高価なものだと何度も言った気がする。小娘がぽんと買える値段だと言った覚えはないんで。

「佐保ちゃん、着物が欲しいならあなたにぴったりの小紋がある。古い在庫だからお安くしとくよ。綺麗な茜色で、いや、まったく佐保ちゃんにならぴったりだ」

こんなお嬢さんに着てもらったら、着物もさぞかし喜ぶだろう。

「いえ、あの〈辻が花〉を下さい」

「下さいって……」

値段の話はともかくとしても、六十のばあさん用に作った着物です。買ったところで着られるのは四十年は先だ。勘違いを正すつもりでそう言ったら、むしろ向こうはホッとしたみたいで。

「そしたら、四十年ローンでお願いします」

家元の内弟子になって、住み込みだから家賃も食費もいらなくなった。その分仕送りは減らしてくれと実家には言ってみたけれども、親は心配だからそれでもいくらか小遣いを送ってくる。使うあてもないから、毎月一万円くらいなら持ってこられる。と、お嬢さんは生真面目《きまじめ》な顔で言うわけだ。

「四十年って、あたしゃそんなに生きてないよ」

「え、そうなんですか。じゃあ、えーと、三十年なら……」

「無理だね、一回倒れてるんだよ、あたしゃ」

「じゃあ、二十年……？　えっと、この着物、おいくらですか？」

そういうことは最初に聞くもんだ。何考えてんだろう。

未成年に数百万円の着物を売りつけたんじゃ、誰がどう見ても悪徳商人だ。まして友衛家の若奥さんに知れてみろ、ヤクザな呉服屋のレッテルを貼られるに決まってる。くわばらくわばらだ。

困ってるところへ孫を連れた娘が帰ってきて、この話にはやっぱり驚いて、何したかってぇと、とりあえず茶を淹《い》れた。つまらないことだけど、このときあたしはちょっと娘を見直しましたよ。それで、順を追って佐保ちゃんの話を聞いたんです。

このお嬢さんは京都育ちで、親の反対を押し切って東京の大学に進学した。東京でしかできないことをするためだったけれども、それはいったい何だろう。弓は、坂東巴流の弓はもちろん一生懸命稽古する。でもそれが将来の仕事になるとは思えないし、だとしたらどこまでを目標にしたらよいのだろう。弓だけでよいのかと焦ることもある。もっといろいろすべきことがあるような気がするのに、漠然としてよくわからない。どうもそのあたりのもやもやには友衛家の跡取り息子の存在が絡んでいるようだったが、娘はそこはつつかなかった。

いろいろ心に迷いが生じるとき、彼女は師匠を手本に弓を引く。師匠はまだ若い女性だが、このひとに師事したくてわざわざ上京してきたくらいだから、一番信頼し、尊敬もしている。そしてこの師匠の先に、友衛菊路の存在がある。つまり、佐保ちゃんは菊路さんの孫弟子なんだ。菊路さんは、だから間違いのない道標《みちしるべ》であり灯台でもある。このひとを目指していさえすれば迷子にはならない。そんな気がする。実際には会ったこともないから、目指すと口では言っても具体的にどうすればよいのかわからなかったが、この着物を見ていてひらめいた。菊路さんのために作られた着物が似合うようになれば、それは菊路さんに近づいたということだろう。それならとても具体的でわかりやすい。自分にはこの着物が必要だ。

とまあ、こんな話で、あたしはうーんと唸《うな》っちまった。この着物が人生の指針になっちまうわけかい。そりゃあ、大ごとだ。

けど、菊路さんの為書きを消さずにこの着物が活きるっていうなら、それは悪くない話かもしれない。すぐ着るわけじゃないから、品物は支払いが済むまでうちで預かっておくことにすると、割賦《かっぷ》販売というよりは、先の長いお取り置きみたいなことだろう。京都から来たお嬢さんがお願いしますと頭を下げて、娘も勧めるし、なぜかそばにいる孫までニコニコ両手を摺《す》り合わせるから、しょーがねーなーと手を打つことにした。

いくらにしたかって、問屋に払った百五十万円から預かってた内金二十万円を引いて百三十万円ということにしました。儲けなんかありませんよ、もちろん。いい物にはちがいないが、十年も蔵に寝ていた品だ。しつけもかかったままだが、新しいお客さんが着るには仕立て直しはいるだろう。要するに〈理由《わけ》あり商品〉です。味噌屋の女房に五百万と言ったのはあくまで理想の話。こんなご時世で金利もへったくれもないから、無利子でいいと言ったら、さすがに元銀行員の娘はちょっと呆れてましたが。

「ほんまですか、それやったら四十年もかからないですね。十一年で済みます」

佐保ちゃんは大喜びで帰って行ったが、さて、どうなるだろう。親がかりのうちは月に一万円払えるのかもしれないが、卒業して自活するということになったら、一万円を稼ぐのがどれだけ大変かってことを思い知るだろう。そうしたら月々の払いが減るかもしれないし、滞ってしまうかもしれない。

「ああは言ったが、何十年かかるかわかんねぇよ、俺が生きてなかったら、絹江、おまえのもこもこ店で引き継いでやってくれ」

「だからその、もこもこって、何なのよ」

よっこらしょとあたしは帳場から立ち上がって、表へ出てみました。仕舞い込む前に、もういっぺん〈辻が花〉を見てみようと思ってね。

「しかし、なんだね。未成年のくせに大胆な買い物するわな。あの子はもしかして家元夫人の座でも狙ってるのかね」

ウインドウのガラスが汚れてるから、腰の手拭《てぬぐ》いを引き抜いて拭《ふ》こうとしたけど、チッ、やっぱり片手しか動かない。杖を放したらバランスが崩れる。

「やな言い方するなぁ、お父さん」

娘はあたしから手拭いを取ってガラスを擦ります。

「何て言うかさぁ、心許《こころもと》ないんじゃないの、あの年代は。あたしたちから見たら何でもできてどこでも行けていいなーって思うけど、未来が真っ白すぎて、よりどころもなくて、空恐ろしいような気がするのよ、わかるような気がするな」

あたしは回らない首を一生懸命ねじ回して娘のほうへ顔を向けましたよ。

「だから、あんな急いで結婚したのかい」

「あら、やだ。お父さんったら」

「ふん」

腕組みしようとしたってサマにならねぇから、あたしはそのまま道の真ん中くらいまで後ずさって、絹江、と呼びました。

「ガラスもだけどよ、上の看板も今度洗っとけよ。下からホースで水掛けるんでもいいから。埃かぶってんだろ」

「急に、どうしたの？」

「ええ？　だってよ、あのお嬢ちゃんの払いが終わるまで、店を潰すわけにいかねぇじゃないか。もうちょっと客にきてもらわねぇと」

なんだかねぇ、いい着物がひとつあると、そばに置いてあるものがみすぼらしく見えてくるんでさ。いつから吊る下がってんだかわからねぇような割烹着《かっぽうぎ》とか、もう秋だってのにまだのさばってる浴衣だとか巾着だとか、いい加減片付けて商品を入れ替えないといけませんせん。十年一日のごときレイアウトもぱっとしないやね。模様替えでもしたほうがいいんじゃないか、東京タワーでさえ新しいのができるってんだからよ。

そう言うと娘は驚いた顔をして言いやがった。

「へーぇ、やる気出てきたじゃない」

まあ、菊路さんってひとは、ことほどさように人助けが上手なひとだったよ。

二、本《ほん》所《じょ》鴨《かも》騒《そう》動《どう》の段

ぱしゃっと水音がして池のほうに目をやると、鴨が一羽、低い枝から水に落ちたところだった。落ちたくせに何ごともなかったふりですいすいと泳いでいく。見ていたぞとばかりにその後ろ姿を目で追うと、鴨は知ってか知らずか逃げるように対岸の深い木陰へ消える。この時期の鴨は地味な色をしていて暗がりにいるとよくわからないが、じっと目を凝らしていると、数羽固まって水面にたゆたっているのが見えた。

隅田川《すみだがわ》沿いにあるこの庭園は、まだ東京へ来て間もない伊織《いおり》にとって唯一心安らぐ場所だ。最初に見つけたのは五月頃だった。中学を卒業してすぐに上京し、友衛《ともえ》家の内弟子となって、毎日朝から晩までこき使われる中で、ある日、使いに出された帰り道にふらりと寄った。いや、よく思い出してみると、鳥に誘われたのだ。鳩でも烏《からす》でもない、すらりとした白い鳥がこのあたりに舞い降りたのにひかれ、伊織も足を踏み入れた。大きな庭園なのに、誰にも呼び止められず、するっと入れた。

そのとき、白い鳥は見失ったものの、代わりに珍しい羽根を拾った。オレンジ色で三角形をしていて、とても綺麗だった。あとで調べたら、それはオシドリの三列風切《さんれつかざきり》羽《ば》で、俗に〈銀杏羽《いちょうば》〉と呼ばれるものだった。どうかすると置物と見紛《みまが》うほど美しいオシドリの雄《おす》が、脇腹からぴょんと立てているオレンジ色の羽だ。

「こんな形しとったんかぁ」

もともと鳥は好きだ。本は読まないが鳥類図鑑だけは持っていて、上京するにあたっても携えてきた。だからオシドリの羽根もすぐに調べられた。それからは隙《すき》あらばここへ来て羽根を探している。今は午後からの稽古に使う菓子を引き取りに行った帰りだ。脇に置いた風呂敷包みの中には朝顔を象《かたど》った練切《ねりきり》が重箱に二十個ほど入っている。

「菓子くらい電話して持ってきてもろたらええやんなぁ。あーあ」

気を変えるように大きく伸びをする。

友衛家は〈坂東巴流《ばんどうともえりゅう》〉という古武道と武家茶道の流儀を伝える家で、江戸時代から本所《ほんじょ》に居を構えている。小さな流派で知る人は少ない。そんなところへ京都育ち十五歳の伊織は自ら望んで入門し、この春から家元宅に住み込んでいる。来てすぐに十六になった。貧弱な身体は中学から始めた剣道でだいぶましにはなったものの、決して体格のよいほうではない。実家では過保護な親に世話されていたのに、ここでは着いた翌日から便所掃除だ。それだけでなく、庭から玄関から茶室、弓道場、剣道場……と走り回っている。さらに買い物だの何だの命じられて、自分の稽古もと思えばてんてこまいだ。隙を見て休まなければ身が持たない。

友衛家のほうでもそのあたりは心得ており、門の内へ閉じ込めておくよりは少々気晴らしさせたほうがよいと思っている。今どき電話一本すれば菓子の注文はできるし、配達もしてもらえるが、あえて使いに出すのはそのためだ。外へ出すと、ひとりで勝手に勉強してきたりもする。

今日も菓子屋で引き取った菓子に〈つるべの花〉と銘がついていたのを、「何これ、おっちゃん、落語家と関係あんのん?」と訊《き》いて睨《にら》まれた。伊織は〈釣瓶《つるべ》〉を知らなかった。

「井戸に吊してある桶《おけ》だろう。こんな有名な句も知らないのか」

そこで千代女《ちよじょ》というひとの

朝顔に釣瓶とられてもらひ水

という句を教わった。〈釣瓶〉とか〈もらい水〉とか言われたら、ビビビッと朝顔を思い浮かべなければ茶人失格なのだそうだ。

「京都から来たというからどんなお坊ちゃんかと思ったら、ただのガキだな」

菓子屋の主人に笑われ、伊織は歯軋《はぎし》りした。

「わしはお茶人さんになりたいわけちゃうねん」

伊織は京都で友衛遊馬《あすま》という青年に出会った。彼に剣を教わりたくて入門を願ったのだ。当時まだ小学生、しかも不登校児だった伊織に、義務教育を終えたら訪ねてこいと遊馬は言った。だから、茶の湯はついでだ。

正直に言えば、畳に座ってちまちま茶を点《た》てるなんて、あまりかっこいいことには思えない。茶の稽古もするというのを上京の条件にされてしまったので仕方なくしている。

ただ、茶席では伊織の好きな鳥たちの羽根が活躍することもある。そう知ったときは、へぇと思った。うまく言えないが、狭い部屋の中で空飛ぶ鳥のことを考えていてもいいのなら、少し付き合ってやってもいい気がした。

蔵の中で昔のひとの美しい小羽根のコレクションを見つけた。庭に落ちていた小鳥の羽根に爪楊枝《つまようじ》で柄《え》をつけてみたら遊馬が褒めてくれた。そんなことをする伊織には本格茶人の素質があるのだそうだ。そう言われたときは、まんざら悪い気もしなかった。

鳥の好きなひとに悪人はいない。〈茶人〉とやらも案外話のわかる連中なのかもしれない。

茶席で活躍するのはもっと大きな羽根のようだから、何とかそんな羽根を見つけられないかと探している。この水辺にはいろいろな種類の鳥がやってくる。

そうしてあたりを眺めていると、向こうから見覚えのあるTシャツが近づいてくるのが見えた。知った顔だ。相手も気づいて立ち止まる。

「何してんの。散歩？」

と伊織は訊きながら、そんなわけはないだろうと思った。目の前にいるのは、学校にも行かず、青白い顔をして日がなゲームばかりしている少年なのだ。屋外で会うのが意外なほどだ。しかもまだ午前中だ。

「別に。通り道」

秋葉原《あきはばら》で新しいゲームを買ってきたと言う。庭園を抜ければ家までの近道になる。

「翼《つばさ》はん、ほんまにゲーム好きやな。飽きひんの」

相手の少年はぶるっと身を震わせた。伊織が話しかけるといつもこうだ。そして返事もせずに通り過ぎようとする。

「ちょっと待ちぃや。こうゆうときは、そっちかて訊くもんちゃうん。何してんのて」

翼という名の少年はのっそり振り返る。

「羽根拾ってるんでしょ。見たらわかる」

伊織の手には、拾ったばかりの茶色い羽根が三本ほど握られている。

「何でや思う？」

「知らないよ」

それ見ろと伊織は背を反《そ》り返して、茶会に使うのだと教えた。

「そうなんだ……」

どうでもいいという様子だ。

「びっくりせぇへん？　見たことないやろ？」

伊織がしつこく訊くのは、翼もまた茶の稽古をしているからだ。友衛家の隣の寺に週に一度やってきて、少しばかり遊馬の手ほどきを受けてゆく。稽古が目的なのではなく、日中は寺がフリースクールに貸した畳の広間でごろごろしており、夕刻から始まる稽古にも流れで参加するといった感じだ。つまり、こちらもついでだが、強制でもないのに毎回おとなしく座って茶を飲んでいくところを見ると、まんざら嫌いというわけでもないのだろう。

歳は伊織のひとつ上で、寺に来る子どもたちの中では一番年長だ。だからといって年下の面倒を見るでもなく、ほとんど誰とも話さず畳に寝そべって眠っているかゲームをしているかどちらかだ。不登校は小学生で克服した伊織だったから、高校生にもなってまだうだうだしている翼は見ていて苛《いら》つく。が、彼にはひとつ借りもある。

「あんな、お棚《たな》の埃払《はろ》うたり、炉縁《ろぶち》の灰を払うたりするんや。あとな……」

教わったばかりの知識をひけらかそうとする伊織の肩を越えて、翼が、あっと声をあげた。振り返ると痩《や》せた鴨が羽をばたつかせている。

「あいつら今、羽が抜ける時期なんや。これもあいつのかしれへん」

伊織は手にした羽根と鴨を交互に見る。オシドリかカルガモの雄だと思う。

「だから、今、あいつら飛べへんねん」

翼は、初めて伊織の言葉が聞こえたというように池を見つめる。

「僕みたいだな」

なるほど宝の持ち腐れのような名だ、〈翼〉とは。

それでも、寺で稽古している子どもたちにとっては、伊織よりも翼のほうが頼もしく思えるらしい。遊馬に命じられて一緒に茶会の手伝いをしたことがある。点て出しだけの簡略な会だったから、子どもたちだけで対応した。このとき、リーダーは伊織だったのに、小学生や中学生たちは、何かあるたび翼に目をやり救いを求めていた。その翼がいちいち伊織に訊けと促《うなが》してくれたから、なんとか茶会は無事に済み伊織も面目をほどこしたということがあって、それは少しばかり恩に感じている。ダメな奴だという思いはその十倍くらいあるが。今も、結局、さよならもじゃあねもなく、黙って行ってしまった。

春に入門したばかりの伊織は、稽古の日数《ひかず》だけ見れば先輩とも言える彼らとうまく折り合えない。自分は遊馬の片腕のような気でいるから、好意で教えてもらっているだけの彼らに軽く見られると腹が立つ。

友衛家の道場にやってくる直門《じきもん》の兄弟子たちとも馴染めない。伊織のほうでは一生懸命話しかけるのに、そうすればするほど相手は不快そうに身をひいていってしまう。伊織は傷つき、やけになって物言いが乱暴になる。余計に嫌われる。どうも人との距離感がわからない。

「あんたらほんまに礼儀っちゅうもんを知らんな。どいつもこいつもイケズばっかりや。江戸っ子が聞いて呆れるわ」

いつだったか癇癪《かんしゃく》を起こして罵《ののし》ったら、翼はゲームの手も止めずボソリと言った。

「その言葉」

くどい関西口調が東京の下町育ちにはきついのだと。

「そんなんしゃぁないやん、わし東京育ちちゃうし」

「わし、とかあり得ない」

「何でや。ボクとかキミとか、気色悪うて言われへんわ」

翼はそのときもぶるっと身を震わせ、伊織に背を向けた。

思い出すと溜息が出る。

「あかん」

翼もダメだが、自分もダメだ。伊織は池に向かって思い切り小石を投げ、風呂敷包みを持って帰った。


「ただいま帰りました」

バタバタと廊下を渡り、茶室に家元夫人の公子《きみこ》を見つけた。遊馬の母だ。午後からの稽古のために炭を入れているところだった。

「ご苦労様。お昼は台所にありますからね」

言いながら火箸《ひばし》を片付け攫《つか》み羽《ばね》で風炉《ふろ》の縁を払う。

「それ、何の羽根？」

後ろから伊織が覗《のぞ》くと、夫人はゆっくり膝の向きを変え、伊織さん、と呼んだ。

「何の羽根ですか？　でしょ」

またただ。東京京都の話ではない。十六歳の伊織には敬語というものが何かよそよそしい壁のように感じられてしまうのだ。標準語ならなおさらだ。夫人は仕方がないというように嘆息する。

夏も最中《さなか》だが、小千谷縮《おぢやちぢみ》に麻帯をしてこのひとはどこか涼しげだ。釜《かま》を風炉に据《す》え鐶《かん》をはずすと、それを握ったまま床《とこ》の花に目をやった。八重がかった白い木槿《むくげ》が入れてある。

「祇園守《ぎおんまもり》よ、懐かしいでしょう」

何のことかと思ったら、木槿の種類らしい。東京のひとの京都観は単純で困る。京都に育ったからといって皆が皆おっとり話すわけではないし、皆が祇園祭大好きなわけでもない。考えてみたら、伊織は生でその祭を見たこともなかった。

翌朝は、もっと早くから菓子を取りに行った。午前中に伊織自身の茶の稽古がある。師事する遊馬は、家元の長男とはいえまだ跡を継ぐとも決まっておらず、平日は外で働いている。伊織が直接稽古を見てもらえるのは土日だけだ。しかもしょっちゅう行事で潰れる。なので実際には遊馬の師匠のようなひとたちから手ほどきを受けることが多い。中には怖いひともいる。ついこの間も大勢のいる前で怒鳴られ、ひどい目に遭った。

茶の湯は退屈だが、遊馬と過ごせる時間は貴重だ。京都でふらふらしていた十代の遊馬に初めて弟子入り志願したのは自分だ。中学を卒業するまで待てと言われて上京は遅れたけれど、とにかく自分が一番弟子だ。それは誰にも譲れない。だからできる限りはそばにいたい。

　寄り道もせず飛んで帰ってくると、昨日の公子と同じように遊馬が風炉に炭を入れていた。麻の着流しの裾をからげて、額にうっすら汗をかいている。これが玉になって落ちると、灰が台無しだ。まだ早朝なので何とかなっているが、猛暑の季節に冷房もない茶室での稽古は正気の沙汰《さた》ではない。すでに庭では蟬《せみ》が鳴いている。

「師匠、なんでクーラー入れへんねん」

「金がない」

「嘘《うそ》やろ、祖母《ばあ》ちゃんに頼んだろか。わしが死にそうや言うたら、家中につけてくれはるで。金持ちやし」

　遊馬の「金がない」というのは半ば真実、半ば冗談である。この茶室が建った当時は、扇風機でさえ茶室に持ち込むのは憚《はばか》られる雰囲気であったし、そもそもエアコンはまだ一般に普及してはいなかった。それでも昔は隣の寺に樹木が多いせいか友衛家の庭もさほどの暑さには悩まされなかったものだ。この頃は気象も変わって猛暑は耐えがたいが、無骨な機械を茶室の壁に貼り付けるにはまだ抵抗もある。

「そうだなぁ。暑いよなぁ」

と呟《つぶや》く遊馬はどこか呑気《のんき》で、伊織はイラッとしたものの、そういえば厳寒の京都の弓道大会で、皆がぶるぶる震えている中、このひとは山に比べれば暖かいくらいだとしれっと肌脱ぎして優勝したのだったと思い出す。四年前、三十三間堂《さんじゅうさんげんどう》の大的《おおまと》大会でのことだ。

「やっぱり師匠はすごいなぁ。お山で修行しはったからやな」

「なんだよ、急に。クーラーだろ、頼んどくよ。まあ、当分無理だろうけど」

言いながら十能《じゅうのう》を置き、擱み羽を手に取った。

「師匠、それ、何の羽根……ですか」

そう訊いた伊織の顔を遊馬は振り返り、面白そうに笑った。握っていた羽根の束を捌《さば》きながら首を傾げる。

「わからないな。水屋《みずや》道具だもんな」

公子の答えも似たようなものだった。このひとたちは、使っている羽根がどんな鳥のものなのかさほど気にならないらしい。伊織は遊馬の手の先にある羽根を見ている。黒い羽根が無造作に束ねてあるように見える。持ち手になる部分が竹の皮で包まれている。羽根が多いので持ち手も太い。ここを擱んで散った灰などを払う。

「これなら作れるかもしれへん」

「……」

「です」

だんだん日本語がおかしくなってくる。遊馬は笑いを堪《こら》えながら、片付けてくれと炭道具を少し押しやった。

束ねてくるだけなら真似《まね》できそうだが、そのためには同じ種類の羽根がたくさんいる。数えたら十五本あった。ある程度長さもいる。伊織は今拾ってきた羽根を懐《ふところ》から出して比べてみる。寄り道はしなかったが、通り道に落ちていた羽根は目ざとく拾った。どうも小さすぎる。

「小さいのも使えるよ。この前、お前の作った小羽根。ソウ…」

「相思鳥《そうしちょう》や」

「あれ、茶入《ちゃいれ》の底きれいにするのにちょうどいいって母さん言ってたぜ」

それは友衛家の庭にやってきたカラフルな小鳥の羽根に爪楊枝を挿しただけのものだ。サイズ的に言えば極小だ。

「二、三枚重ねてもうちょっと強くして、柄を長くしてくれたらもっといいってさ」

やってみようと思った。

そうこうしているうちに、おはようございますと声がして佐保《さほ》がやってくる。伊織の前に友衛家の内弟子だったひとだ。就職してここを出てゆき、稽古もしばらく休んでいたけれども今日から復帰する。伊織と同じ京都の出身で遊馬と出会ったのも同じ頃なのに、伊織が中学へ通っている間にちゃっかり東京へやってきて友衛家に住み込んでいた。それで茶の稽古は三年も差をつけられてしまった。今も久しぶりに来たくせに先輩風を吹かせて稽古の準備を指図したりする。自分も呑気に中学なんか行ってないで、さっさと東京に来ればよかった。何より面白くないのは、彼女がやってくると遊馬が目に見えて嬉しそうにすることだ。女は得だ。女はずるい。油断も隙もあったものではない。

それからミラン。セルビアとかいう国のひとだ。なんでそんなひとが日本で茶を習うのかよくわからないが、茶の湯だけでなく剣も弓も達者で、そちらの実力は遊馬を凌《しの》ぐというから侮れない。外国人のくせにいちいち偉そうで癪《しゃく》に障る。伊織を子ども扱いするのも許せない。

こんなふたりと一緒の稽古なので気が抜けない。気は抜けないが……。

「伊織、寝るな」

「寝てへんわい」

どうもいつの間にかこっくりしていたらしい。

「朝早いし大変なんやわ」

と点前《てまえ》をしている佐保が言えば、ご苦労様ですと大きな手でミランが頭を撫《な》でようとするから、振り払った。こいつらに甘く見られてはいけない。友衛遊馬を最初に見出したのは自分だ。

稽古が終わっても佐保は帰らなかった。

「師匠、午後は剣道場やろ」

剣道なら寝ない。そもそも伊織が入門したのは剣術のためだ。

「ああ、悪い、明日の準備をしたいんだ」

遊馬は何やら茶の湯修行の大事な局面に差し掛かっていて、明日は当代と先代の家元、つまり父親と祖父を客に茶事をせねばならぬらしい。その道具を出したり点前をさらったりしたいので今日は剣道場へは行けない。昼食を終えると蔵からあれこれ出してきて、試しに母屋の茶室に並べ、思案している。佐保は言われなくても阿吽《あうん》の呼吸でそれを手伝う。悔しいけれども、伊織は何をすればよいのかわからない。

やがて白木《しらき》の台子《だいす》が組まれ、唐銅《からかね》の風炉に切掛《きりかけ》の釜が据えられ、白磁《はくじ》の水指《みずさし》などが置かれる。佐保が澄まして客座に座ったから、伊織もそうする。茶室の中はしんと静まり返っている。朝鳴いていたミンミン蟬の声が止《や》んだと思ったら、入れ替わるように油蟬が鳴き出した。離れでは公子の弟子たちが稽古を始め、時折、甲高い笑い声が聞こえる。ただこの部屋の中だけは静かだ。

台子というのは大きな棚のことで、テーブルのような形をしている。かなり上のほうの点前で伊織は見たこともないし何をしているのかまったくわからない。佐保も知らない点前のようだが、真面目な顔をしてじっと見つめているから伊織も頑張って座っている。根競《こんくら》べのようだ。ただ午前中も稽古だったので、正座している足が痛い。

伊織が座ったときにはすでに下火が入り水釜もかかっていたのに、遊馬はいっこうに姿を現さず、何やらどこかで他の用事をしている気配もする。どうなっているのだろうとじりじりする伊織に、湯の沸く時間を知りたくて間合いを計っているのだと佐保が言う。何のことかわからなかったが、ふん、そうかと聞いておいた。

床には細長い瀧《たき》の絵が掛かっている。そして、いつの間に置かれたのだろう、台子の上には羽《は》箒《ぼうき》と香合《こうごう》が飾られている。先ほどの水屋道具が普段着なら、こちらはきりっとしたよそ行きの羽箒だ。

幅の広い立派な羽根が一枚きり、潔くすっとしている。色はと見れば、軸《じく》の左右でくっきり白黒に分かれている。あんな羽根があるだろうか。何の鳥だろう。もっとよく見ようと伊織が踵を浮かせ伸び上がったところでようやく外から襖《ふすま》が開いた。

きちんと袴《はかま》をつけた遊馬が敷居の向こうで武張った礼をし、大事そうに炭斗《すみとり》を抱えて入ってくる。いつもの気安い遊馬とは違って見える。稽古のときともまた何かが違う。丁寧な所作で炭道具を運び入れると、おもむろに羽箒と香合を台子から下ろした。

伊織は羽箒の行方《ゆくえ》だけを見つめている。畳に置かれたそれはまるでひらりとそこへ落ちたかのようだった。やがて遊馬に拾われて風炉の縁を撫で火窓を払うときには大空を舞っているように見えた。またしばらく休んで、最後は釜の蓋《ふた》や火箸の先を払ってから炭斗とともに水屋へ下げられた。隣で佐保が、ほぉっと息をつく。

伊織はよろよろと立ち上がり、遊馬を追って茶室を出た。水屋を覗くと、遊馬は耳たぶをいじりながら何事か考えているようだったから、黙ってそのそばに蹲《うずくま》り、炭斗の上の羽箒を眺める。

「鶴だよ」

目の前に羽箒の箱が差し出される。たしかに蓋にそう書いてある。にしてもツートンカラーとは、だいぶ珍しい羽根だろう。

「鶴かぁ。鶴はおらんなぁ」

動物園にでも行けば手に入るだろうか。

「こんなのもある」

もうひとつ遊馬が開けて見せたのは青鷺《あおさぎ》の羽箒だ。

「何や、これ」

思わず伊織が声をあげたのは、それがずいぶんと変わったものに見えたからだ。うっすら青みがかった灰色の羽根を三枚重ねた上に、ひゅるひゅるっとした白っぽい飾りがついている。

「お洒落だろ。何だろうな、これ」

遊馬が白いひゅるひゅるに触れて言うから、伊織は少し考える。

「もしかしてこれ、胸についてる飾り羽《ばね》ちゃうかな。鷺ゆうたら、胸やら頭やらにこんなひゅるひゅるふわふわしたんつけとるもんや」

へぇと遊馬は感心した。ならばこの飾りも含めて〈青鷺〉なのだ。一枚羽根のほうが盛夏には合う気がして鶴を選んだが、この青鷺もいつか使ってみたいものだ。

「もういいのか」

と遊馬が訊いたのは点前の見学のことだ。

「足がもたへん」

佐保に負けるのは悔しいが降参だ。

遊馬が茶室へ戻ったあとも伊織はしばらく羽箒を眺めていた。頭の中には鶴やら鷺やらがバサバサ飛び交って騒がしい。空から舞ってきた彼らの羽根を、こんなふうに大事に扱って道具に変えるひとがいる。ずっと昔からいたらしい。何だか不思議だ。羽箒を見ていると、そんな大昔の茶人や職人たちと語り合っているような気がしてくる。

「おっちゃん、ええ仕事してんなぁ」

呟きながら蓋をし、元の場所へ戻す。

顔を上げると、柱に下がっている座掃が目に入った。こちらはひと抱えもありそうな大きな羽箒だ。畳を掃くために使う。白鳥の真っ白な羽根で綺麗だが、伊織はこれは少し苦手だ。

人間で言えば肘《ひじ》から先の部分の羽根をそっくり重ねてある。少なくとも片側の初列《しょれつ》次列《じれつ》風切羽のすべてだ。これを作ろうと思ったら、落ちている羽根を拾うだけでは済まないだろう。どこかでこの白鳥は命を落としたのだ。

羽根を得るために鳥を殺すようなことはないと聞いてはいても、翼の形のリアルさに、どうしても鳥の最期を思ってしまう。獣《けもの》に襲われたのかもしれない。何かにぶつかったのかもしれない。寿命を全《まっと》うしたのだとしても、息絶えるその瞬間を想像すると胸が痛む。
「これは作れへんな」
と、そう思う。

言いつけられた用事もなく、もともと遊馬に剣の稽古をつけてもらえるはずの時間だった。立ち上がり、ひとしきり膝を曲げ伸ばしすると、伊織は気を取り直して剣道場へ向かった。誰かいるだろうから稽古を見てもらえるかもしれない。が、その入り口に立った途端、中からキッと睨まれて、反射的にくるりと背を向けてしまった。女性ながらやたらと強く、遊馬も頭の上がらぬ高段者がいた。睨んだわけではないのかもしれないが、先日も礼儀がなっていないと皆の前でこっぴどく叱《しか》られたところだから、無条件で逃げたくなる。そのまま出てきてしまった。

ならばと弓道場へ行くと、ここも敵がいた。伊織とは歳の近い学生たちだ。みな仲良さそうに稽古しているのに、なぜか伊織には態度が冷たい。特に清司《きよし》という大学生が嫌な奴で、伊織が生意気だと遊馬に告げ口したらしい。下駄箱を見ただけで彼らのいるのがわかったから、やる気が失せて引き返す。

そうなると家の中にはもう居場所がなく、仕方がないので外へ出る。ぶらぶら川のほうへ向かうが、とにかく暑い。家の中ももちろん暑いが、門を一歩出れば容赦のない日差しがかっと照りつけ、大通りではアスファルトからもわもわと熱気の上がるのが見えるようだ。車の流れは途切れることがない。

やっと川へ出ても、都会を流れる川は見慣れた鴨川《かもがわ》とは違ってどこかよそよそしい。岸へは容易に近づけないし、頭上は高速道路で蓋をされている。少しも安らがず、結局は、いつもの庭園の門をくぐることになる。

せっかく東京へ来たのだから、休みの日には新宿《しんじゅく》や渋谷《しぶや》へ行けばよいのかもしれないが、伊織はまったく興味がない、というより、そもそも知らなかった。入門したばかりの頃は、案内してやろうかと清司たちが言ってくれたこともあったのに、なぜそんなところへ行かねばならないのかわからず、すげなく断ってしまった。

あのときお願いしますと言っていたら、今頃は仲良くなれていたのかもしれない。でも、伊織が憧《あこが》れたのは遊馬であって〈東京〉ではなかったし、清司たちは知らないだろうが、内弟子は忙しいのだ。特に最初の頃は、毎日覚えることと慣れることが多すぎて遊んでいる暇などなかった。

そして少し余裕の出てきた今、いざひとりで出かけようとすると、正直なところ、ちょっと怖い。地下鉄の路線図など見ると、網の目のようでいったいこれは何だろうと思う。京都で地下鉄と言えば、縦と横の二本しかない。しかも横のほうは伊織が子どもの頃やっとできたのだ。

そんなわけで伊織の行動範囲は今のところ、非常に狭い。歩いて行ける菓子屋と弓具屋、それにときおり買い物を頼まれる浅草《あさくさ》のデパートくらいだ。たまに電車に乗るときは、行き先を間違えないかとどきどきする。伊織にとっては京都の街のほうが広かった。盆地で空は低かったけれど、高層ビルはなかったし、頭上を高速道路で塞《ふさ》がれるなどということもなかった。どこへでも歩いて行けたし、バスに乗っても窓から見える景色は優しかった。

「あかん」

どんどん嫌なほうへ考えがめぐるので、さすがに自分でもまずいと思う。たまたま今は、遊馬も自分のことで頭がいっぱいなだけだ。その何とかというお茶事が終われば、また伊織のことも見てくれるだろう。今日は、間が悪かったのだ。

自分に言いきかせながら、園内をぶらぶら歩く。日傘をさした老夫婦がのんびり歩いていたり、何もわからず紛れ込んでしまったような外国人がぼんやりしていたりするが、取り立てて珍しい見せ物があるわけではないので、混み合うようなことはない。

池のほとりに腰を下ろすと、正面に甲羅《こうら》干ししている大きな亀が見えた。小鳥たちは鳴りを潜めているが、ジージーという蝉の声はここでもする。誰か掃除でもしたのか鳥の羽根は今は落ちていない。鴨たちの姿も見えないが、白い鳥が一羽対岸にすっと立っている。コサギだ。最初に伊織をここへ誘ったのもコサギだった。そのときは見失ったので、帰ってから図鑑でずいぶん調べた。身体は真っ白だが嘴《くちばし》と足は黒い。その足の先がはっきりと黄色い。その後何度か見かけはしたが、今日ほど近いのは初めてだ。

頭の後ろには細長い冠羽《かんう》を生やし、胸からは鷺特有のひゅるひゅるした飾り羽が垂れている。あの鳥の羽根が手に入ったら、今日見た青鷺のような羽箒が作れるだろうか。あいにくまだコサギの羽根は一枚も見つけたことがない。鳩や鴨の類《たぐい》が多かった。

コサギのほうは伊織に気づいているのかいないのか、何やら足元ばかり見つめている。片足を泥の中でふるふる震わせ、その先の何かをさっと啄《ついば》む。二、三歩きまたふるふるさせ、さっと……どうやら泥の中の生き物を驚かして飛び出てきたところを捕まえるという作戦らしい。綺麗な姿のわりには剽軽《ひようきん》なことをする。見ているうちにおかしくなって笑ってしまった。

道場で稽古できなかった分、ここでひとしきり身体などほぐしていると、どうにか気も済んで家に戻った。

それから数日後のことだ。伊織が母屋《おもや》の廊下に雑巾《ぞうきん》を掛けていたとき、玄関先にごめんくださいと声がして、出て行くと制服の警官だった。伊織は少し驚いて、あっと言ったまま突っ立っており、すると警官のほうがにっこり笑った。作務衣《さむえ》姿の少年を一瞥《いちべつ》し、もしかして君が伊織君かなと訊く。

「そうや」

「ここに住んでるのかな」

「そうや」

「いつからだろう」

台帳のようなものを開いて首を傾げる。春先に巡回して尋ねたときに伊織という名は聞かなかった。

「これや」

その手元を覗き込んで、伊織が指さす。宮本一郎《みやもといちろう》と書かれている。それが本名だ。

「ああ、そうか。伊織君というのはニックネームなんだね、なるほど」

そんなことで警官がやってくるのだろうか。

「なら、よかった。鳥のことでちょっと教えてほしくてね。君が詳しいって聞いたんだ」

鳥？　なぜ警官が鳥に興味をもつのかわからなかったものの、教えてくれと言われて悪い気はしないので、伊織は雑巾を握ったまま素直にうなずいた。

「君、あそこの大きな庭園でよく鳥の羽根を拾っているんだってね。何で？」

「何でって羽箒を作りたいからや」

「それは、何？」

「何って、羽根の箒やんか」

「何に使うの？」

「お茶にや」

「お茶って？」

何だろう、この警官はここが茶道の家元宅だと知らないのだろうか。

「お茶ゆうたら茶道や。ここは武家茶道〈坂東巴流〉の家元なんや。そんなんも知らんで門くぐってきたんか」

一から説明しないとならないのかと呆れて、伊織はすとんと床に腰を落とした。すまないねという表情で警官も上がり框《がまち》に腰掛ける。

「羽箒ゆうても色々あんねん。こんくらいの鳥の羽根を三枚重ねて持つとこくくったんが、炭手前に使う三ツ羽《みつば》の箒や。立派な羽根一枚のもあるけどな。小羽箒《こはぼうき》ゆう小《ち》っさいのんもある。茶掃箱《ちゃはきばこ》に入れとってこぼれたお茶を払《はろ》たりな」

わかったのかわからなかったのか感心したふうに警官はうなずき、どんな鳥の羽根が使えるのかと訊く。

「そやな、鶴とか鷺とか白鳥とかや。鷲《わし》や鷹《たか》もかっこええけど。あ、あと鶏も使わんことないみたいや。こないだ調べたら、水屋の黒い摑み羽は鶏の尾羽《おばね》やった」

「あの庭に鶴とか鷺とか白鳥とかいるのかい？　鷺とか鷹とか鶏も」

「コサギはおるけど鶴や白鳥はおらん。池のあたりにようおるのは、鴨の仲間や。カルガモとかオシドリな。あとはそこら中の木の上にムクドリやヒヨドリがおる。あ、雀《すずめ》や鳩や烏もおるよ、もちろん。わしの集めた羽根、見はる？」

「それは見てみたいなぁ」

「よっしゃ、待っとき」

伊織は雑巾を放り出して階段を駆け上がり、自室から羽根を放り込んだ箱を持ってまた駆け下りてくる。一度洗って乾かしたものが整理もされずバサバサと入れてある。さまざまあるが、概して小羽根が多い。ある程度の大きさがあるのは鴨か鳩だ。

「これは？」

警官が珍しそうに三角形の羽根を指さす。庭園で最初に拾った銀杏羽だ。

「おっちゃん、目が高いな。変わってるやろ。雄のオシドリの三列風切羽や。鳥は雄のほうが派手で綺麗な羽しとるやろ。けどな、年中そうやないねん。繁殖が終わると雌《めす》みたいにいったん地味な羽になる。これはそのときに抜けた派手な羽や。雌はヒナが孵《かえ》ってから生え変わるし、ちょっと遅れて今頃や。鴨の仲間は、オシドリもそやけど、他の鳥とちょっと羽の抜け方が違《ちご》てんな。普通の鳥はちょっとずつ生え変わるけど、鴨は一気に抜けて一気に生えんねん。せやし、抜けてるときは飛べへんねん」

ずいぶん詳しいんだねと感心したように警官が言ったから、伊織は気をよくして何でも訊いてくれと思った。

「実はね、あの池の鴨が何羽か怪我《けが》をしててね」

「怪我？」

「どうもパチンコで狙われたみたいなんだ」

「パチンコって……誰がや。許されへん」

伊織は怒りをあらわにした。よりにもよって飛べない鳥をパチンコの的にするとは。

「それで、伊織君は何か知らないかなと思ってね」

「……わしは何も……もしかして、わしのこと疑《うたご》うてんの？」

「そういうわけじゃないよ。ただ君はあの辺でよく鳥を見ていると聞いたから」

「誰から？　誰から聞いたん」

誰がそんな告げ口をしたのだろう。白鳥の座掃を見て震える自分が鳥を傷つけるわけがない。そんなことを疑われるのは、泥棒を疑われる以上の屈辱だ。そうとも知らずべらべら嬉しそうに喋っていた自分はバカだ。伊織は思わず手の甲で目を拭った。

「嫌な思いをさせてすまなかったね。でも、もし何か心当たりがあったら教えてほしいんだ。相手は鳥でも、してはいけないことだからね」

当たり前だ。


寺に子どもたちが来ている日だった。翼も畳に寝そべりゲームをしている。珍しく小さな男の子がそばについていてそれを見ている。いつもぶつぶつ独り言を言っている妙な子だ。

「わしのことお巡りさんに言うたん、あんたなんか？」

いきなり伊織が言うと、ふたり一緒に顔を上げた。寝ていた翼が起き上がる。

「鴨に怪我させたん、わしや言うたんちゃうん？」

「何？」

すると、そばにいた子のほうが言った。

「池の鴨のこと？　死んじゃったんだよ、お母さん、言ってた」

すでに近所では話題になっているらしい。

伊織がやったのかと怯えながら訊くので、思わず「ちゃうわい！」と怒鳴ってしまう。まだ小学生の気の弱そうな男の子だ。涙ぐんで洟《はな》をすすりだし、不穏な空気が広間に漂う。泣きたいのは伊織のほうだ。

翼は鴨の事件を知らなかった。何も訊かれていないし、何も言っていない。そう答える。けれど、あの庭園で伊織が遭ったのは翼だけだ。羽根を拾っているのが、友衛家の伊織だと他の誰が知っているだろう。

「君、けっこう目立ってるよ」

ここは下町だ。見慣れぬ少年が毎日作務衣姿でうろちょろしていれば、誰だろうと近所のひとは思う。友衛家に住み込んでいる伊織という子だと、今では皆が知っている。

翼はそう言ってまたゲームに戻る。バトルゲームかと思ったら、何やら少女がみすぼらしい格好で掃除をしているところだった。伊織はまたイラッとはしたものの、今はそれどころではない。このままでは町中のひとに犯人だと思われてしまう。すでに広間にいる子どもたちの目は冷たい。

「犯人、絶対見つけたる」

伊織が立ち上がると、翼が目を上げた。

「行かないほうがいいよ」

「何でや」

はぁ、とため息。

「もう噂《うわさ》になってるんでしょ。犯人が来るわけないじゃん。君がもっと疑われるだけだ。李下《りか》に冠を正さずだ」

「リカ？」

「……何でもない」

余計なことを言ったとばかり俯《うつむ》いてゲームに戻ろうとするところを、伊織はむりやり止めて説明させた。李《すもも》の木の下で冠を直そうと手を上げれば、李泥棒と間違われるという意味だ。鴨が傷つけられた現場をうろうろすれば一層の誤解を招く。

鼻息荒かった伊織もなるほどそうかもしれないと思い直した。

それにしても、ゲームばかりしている翼が、そんな諺《ことわざ》をすらっと口にするのは意外だ。

「もしかして、あんた、朝顔に釣瓶とられて……ちゅうのも」

「……もらい水？」

「なんで知ってはんにゃ」

「学校で習うだろう、それくらい」

うんうんと、そばにいる小学生がうなずいているくらいだからそうなのだろう。

「翼はん、学校行ってへんやん」

学校に行かなくても教科書は読んだという。とにかく一年分の教科書を一通り読むというのが、翼の両親が不登校の現状を認める最低限の条件なのだそうだ。

「ほんまは頭ええんやな」

ふてくされた伊織が言うと、

「頭なんかよくてもいいことない」

ふてくされた翼が答える。

「バカのほうが暮らしやすい世の中なんだ」

だからゲームばかりしているのか。

「バカな金持ちが一番威張ってるだろ」

「それ、わしのこと？」

翼は鼻で嗤《わら》ってまたゴロンと横になった。

やはり、反りが合わない。


動物病院に保護された鴨が治療の甲斐《かい》なく死んでしまったのは本当のことで、地域の小学校のPTAあたりからじわじわ噂が広まり、友衛家の道場でも話題になるようになった。死んだのが何羽なのかはっきりしないが、傷ついた鴨は一羽二羽ではないらしく、すべてが収容されたわけでもないという。

現場には行くなと翼には言われたものの、伊織は鴨たちが心配だった。怪我をしているのに放っておかれてどこかで弱っているなら助けねばと思う。鴨たちが隠れる木陰も自分なら見当がつく。我慢できず、やはり菓子屋の帰りにはそこを通り、いつもより熱心に鴨を探した。そんなとき、歩道から誰かが池を指さすと、聞こえもしないのに、あいつが犯人だと非難されている気がして心が萎《な》えた。

友衛家に警官が来たという噂も尾鰭《おひれ》がついて広まって、誰も面と向かっては言わないが、伊織が疑われているらしいと皆が知っているようだ。直接訊かれないから否定もできず、いくら遊馬が気にするなと宥《なだ》めても、本人としてはやりきれない。

ある日、弓道場に行くと、またしても天敵の学生たちが来ていた。逃げてばかりもいられない、意を決して入ろうとしたところで数人の声が聞こえた。話題が鴨だと気づいて立ちすくむ。

「伊織がやったって？」

「そういう奴だったのか」

「イライラしてたんじゃねぇの」

「道場の名に疵《きず》がつく」

拳を握りしめた伊織が足を踏み出したのと、「やめろ」と声がしたのとは同時だった。矢を放ち、射場《いば》から離れた清司が振り返ったのだ。

「そんなわけないだろう」

入り口の伊織と目が合った。泣きそうで真っ赤になっている。噂話をしていた者たちは気まずそうに黙り込む。

「突っ立ってないで入ってこいよ」

清司は伊織を招き入れると、黙り込んでいる学生たちに向かって、まずは伊織に謝れと促した。

「違うんだろ？」

と、他の者ならともかく清司が庇《かば》ってくれたのは伊織には意外だった。

「信じてくれはんのか」

「お前じゃないよ、遊馬さんを信じてるんだ。そんな腐った奴、わざわざ京都から呼ぶわけない」

日頃生意気な伊織が萎《しお》れているのを見て、清司もいささか憐《あわ》れをもよおす。

「お前さぁ、まさかと思うけど、その鴨のいる周りでゴム弓引いたりしてないよな」

あっと伊織は思った。練習しようと思ってここまで来たら清司たちがいたので外へ出た日だ。道場以外で弓は引けないから練習用のゴム弓を持って出た。

「あれがあかんかったんか」

「知らないひとにはパチンコみたいに見えたかもな」

言われるまでもない。実は昔、京都の河原《かわら》でゴム弓を引いている遊馬を見て、伊織自身が勘違いし、鳥を殺してはいけないと諫《いさ》めたことがある。

「何それ。学習能力ゼロじゃん」

清司は弓を片付けながら笑った。

「けど、河原でゴム弓って、遊馬さん、いったい京都で何してたんだ？　たしか、しばらく行方不明だったんだよな、あの頃。で、いきなり三十三間堂で優勝したって聞いてびっくりしたんだ。お前、どこで知り合ったの？」

伊織は小学生だったとき、京都で遊馬に出会った。その頃、伊織は今の翼たちと同じような不登校児で、フリースクールなどもなかったから、毎日朝から晩まで母親と過ごしていた。ある日、木屋町《きやまち》あたりを歩いていたら、少し先をジャラジャラと錫杖《しゃくじょう》を鳴らして歩く雲水《うんすい》がいた。その前を歩いていたチンピラが騒がしいなとイチャモンをつけて格闘になり、雲水は錫杖を振るって彼らをやっつけた。その杖捌きが格好よくて伊織は弟子入りを心に決めたのだ。雲水は遊馬だった。

「すげぇ！」

聞いていた少年たちが目を見張る。

「そうやろ、めっちゃかっこよかったんや。エイッ、ヤッ、トーッ、てな感じや。あ、でもこれはお家元には絶対言うたらあかん話や。師匠はそのあと警察に連れてかれてもうたしな」

「うわっ、それはまずい」

皆がうなずく。

「それから師匠はお山に入って厳しい修行をしはったんや。わしが聞いたんは、谷を越えたとこに古畳の的を置いて稽古したっちゅう話や」

「遠的《えんてき》のか！」

「せや。ほいであの日、三十三間堂や。雪がこんなんなって舞う吹雪《ふぶき》ん中で、師匠は決勝戦まで一本も外さへんかった。最後の最後は三人立ちの遠近や。師匠が一番後ろやった。一人目は中《あた》った。二人目も中った。けどな、師匠の矢はふたりとは全然違《ちご》たんや。もうな、みんながハッとするくらいええ音がして、その日一番の大アタリど真ん中や。ヒュンッと鳴って、パンッてな！　惚《ほ》れ惚《ぼ》れするよな大優勝や」

いつの間にか車座になって聞いていた少年たちが、一斉におおーっと声をあげる。

「見てたのか」

「当たり前や。控室ではずっとわしがお世話しとったんやし、試合は一番前で見とったで」

「伝説の証人ってとこだな」

ハハハハと腰に手を当てて伊織は反り返り、清司たちは苦笑いした。一番弟子だと威張りたくなるのも仕方がないのかもしれない。

「いい気になるな」

清司は立ち上がると伊織の頭をコツンと叩《たた》いた。練習再開を皆に告げ、巻藁《まきわら》の前に立った伊織を当たり前のように先輩らしく指導した。蟬時雨《しぐれ》も最盛期といった頃だ。

伊織は性懲《しょうこ》りもなく池の側《はた》に座っている。風呂敷包みの中の菓子は〈水花火《みずはなび》〉。茶巾《ちゃきん》で絞ったような葛《くず》の中に色とりどりの餡《あん》が透けて見える。今日は、隅田川に花火の上がる日で、その前に友衛家では小さな茶会がある。だからのんびり道草を食っていてはいけないのだが、池に鴨の親子連れが見えて思わず立ち止まってしまった。色が地味なのでオシドリなのかカルガモなのかはっきりわからないが、母鳥と思《おぼ》しき成鳥の後ろに三羽の雛《ひな》がついて泳いでいる。そっと近寄ってしばらく眺めていた。

昨日、寺で稽古の支度をしていたら、珍しく翼のほうから、ちょっとと声をかけられた。

「あの子が犯人知ってるってさ」

小声で言ってひとりの少女に視線をやる。稽古には参加せず、いつも夕方に帰ってしまう中学生だ。伊織は一度も口をきいたことがない。何といってもじめっと暗そうな気配なのだ。

「ほんまか?」

犯人は一見して問題のありそうには見えない優等生なのだそうだ。おとなたちは知らないが、その危うい性格を周りの子どもたちはよく知っている。動物を虐《いじ》めている現場を見た子は大勢いて、鴨をパチンコで襲ったのもその子だというのは、彼らの間では周知の事実だった。が、誰もそれをひとには言わない。言えばどうなるかわからないような雰囲気をその子は醸《かも》しているらしい。

伊織が少女に確かめようとすると、翼が引き止めた。彼女は自分が告げ口したことを誰にも知られたくないという。それでも、伊織が疑われていることを知って、勇気をふるい、こっそり翼に知らせてくれた。

「わかった。わしが行って捕まえたる」

「バカなの、君」

できるわけないだろうと翼は呆れる。証拠《しょうこ》もなく、誰から聞いたとも言えないのだ。

「ほんなら、交番に行く。あのお巡りさんに言うたらええんや。怪しい奴がおるて」

いやいや、と翼は首を横に振り、結局、ふたりで和尚《おしょう》さんに相談することにした。

和尚は話を聞くと、なるほどよく話してくれたとふたりを褒め、あとは任せておけと言った。警察に言うのか親に言うのかわからないが、とにかくどうにかしてくれるらしい。

知ってか知らずか鴨も安心しているように見える。翼も案外、いい奴だ。

昨夜、寺の稽古の菓子は銘が〈鬼灯〉だった。伊織は菓子屋で教わるまで読めなかったが、翼は〈ほおずき〉でしょと、当たり前に読んだ。

「あんた、お茶人に向いてるんちゃうかな」

伊織が言うと、顔をしかめる。

「〈あんた〉はやめてほしい。〈翼〉でいい。〈はん〉はつけないで、気持ち悪いから」

言い方にはムッとするが、言ってくれるだけマシだ。ただ身体を震わすだけよりは。しかし、翼、などと呼びつけにしたら、何だか友だちみたいだと伊織は照れる。

「お茶は、そんなに嫌いじゃないよ。黙ってても済むし」

あまり自己主張しないことが美徳とされる世界だ。

「遊馬さんも嫌いじゃない。バカな金持ちより貧乏な賢者のほうがいい。太った豚より痩せたソクラテス」

「……なんや、ようわからんけど、師匠は賢者ちゃうやろ、どっちかゆうたら剣士や。勉強は苦手やで、わしと同類なんや」

「でもそれじゃ足りないから和尚さんに勉強教わってるんでしょ。そう聞いたけど」

そうかもしれない。遊馬は仕事の後、寺で書の稽古をしたり、ついでに禅語や漢詩を教わったりしている。それをそのまま、伊織たちの稽古で伝えることもある。この間の稽古では、床に「鈍鳥不離巣《どんちょうすをはなれず》」という色紙を掛けた。愚かな鳥は敵が来ても巣から離れようとしないので捕まってしまうという意味だそうだ。

「わしは巣を離れて来たし、愚かちゃうな」

と伊織が威張ったたら、何か言いかけて、まぁいいかという顔で笑った。

「師匠も頑張ってはんにゃな。まあ、わしもせいぜい菓子屋のおっちゃんにいろいろ教わっとこ」

鴨の姿も見えなくなり、帰ろうとしたところに、バサバサッと大きな音がした。案外近くの木の陰からコサギが舞い上がったのだ。

「いてたんかぁ。気づかへんかった」

立ち上がる伊織の頭上に、白い羽根が一枚、ふわりと降ってきた。

三、英国《えいこく》溜息《ためいき》物語《ものがたり》の段

シェフィールドは坂の多い街だ。丘が七つもあるらしい。どことどこが何という丘なのか、わたしにはさっぱりわからないけれど、とにかく寮と学校との間を上がったり下がったり、毎日通っている。なんだかわたしの人生みたいだなと思いながら。ティーンエイジャーに人生を語る資格があるかどうかはともかく、ここ数ヵ月の身の上を考えると、たしかにわたしは上がったり下がったりだ。

イギリスには、大学入学の前に一年間猶予をもらえる〈ギャップイヤー〉なる制度がある。この期間を使ってさすらいの旅に出るもよし、僻地《へきち》でボランティアに勤しむもよし、企業にインターンで雇ってもらうもよし、とにかくいったん社会に出てみれば、自分の学ぶべきことや進む道がより明確になるだろう、という主旨らしい。この権利は行使してもよいし、しなくてもよい。

そういう考え方を知ったとき、わたしもこれにあやかろうと思った。日本からイギリスに留学するには、どうしても半年間のギャップができる。留学すればいやでも勉強漬けになるのだから――イギリスの大学を卒業するのは日本の大学を卒業するよりずっと大変だ――その前にちょっと遊んで、もとい、社会見学しておいてもよいのではないかと。

親友であり悪友でもある萌《もえ》の従姉《いとこ》がイギリスに住んでいて、バカンス——イギリスではホリデーと言うらしい——で出かける間、家を使っていいと言ってくれた。渡りに舟のような話だったから、夏にはふたりで渡英しようと盛り上がった。都内の大学に進学した萌にとっては夏休みの旅行、わたしにとっては留学の前乗りだ。

親はもともと留学そのものに乗り気でなかったから、何もそんなに急いで出発しなくてもと渋い顔だったけれど、前乗り分の費用は自分で働いてまかないますと胸を叩いて見せたら、勢いに呑《の》まれたのだろう、行き先が萌の親戚宅ならと許してくれた。萌自身はどこから見ても〈ダメな子〉だけど、彼女を取り巻くサポート体制にはうちの両親も信頼を置いている。彼女の父親は国外にも顔の利く政治家だ。

萌の両親はと言えば、娘のことはまったく信用していないので、何かするときは必ずしっかり者の水川珠樹《みながわたまき》と一緒にという条件をつけた。逆に言うと、ふたり一緒ならたいていのことは許してくれた。学校では優等生で通っているから、わたしにはけっこう信用があるのだ。この関係を利用して、わたしたちは時折大胆なことをして遊んだりもした。

かくしてわたしは、春の間は〈インターン〉と称して都内のレストランでアルバイトをし、夏になると萌とともに〈ボランティア〉でカーディフにある家の留守番をし、最後はイギリス縦断の〈旅〉をして、充実のギャップイヤーというかギャップターム――半年なので――を過ごすことができた。

ここまではよかった。

萌の歳の離れた従姉、玲子《れいこ》さんは面倒見がよくて、ホリデーに出る前にいろいろ教えてくれたたし充分な準備もしておいてくれたから、わたしたちには何の不足もなかった。親の目を離れて、自由気ままに過ごす異国生活は長い修学旅行みたいに楽しかったし、予算と照合しながらあーでもないこーでもないと旅の計画を立てて、自分たちだけの力でウェールズへも湖水地方へもエジンバラへも行けた。トラブルももちろんあったけれど、その分発見もあって、とにかく魔法とファンタジーの国イギリスは、海も、湖も、森も、見るものすべてが夢みたいに美しかった。その感動を分かち合える友のいることが嬉しかった。ヒースローまで萌を送って行き、いよいよ別れるときには涙ぐんで抱き合ったほどだ。

「泣くなよ」

イギリス人よりも黄色い髪をして耳にたくさん穴を開けた萌は、乱暴な口をききながら、ショッキングピンクのパーカーをわたしの肩にかけた。

「また雨かもしんないし」

イギリスではよく雨が降る。晴れていると思った次の瞬間には空から滴《しずく》が降ってくる。たいていはすぐに止《や》むので誰も傘を差さない。上着のフードを引き上げてかぶるだけ。そのことに気づいて、わたしたちもフード付きのパーカーを買ったのだ。萌はピンクを買い、わたしはブルーを買った。萌はその背中に大きな日の丸のステッカーも貼った。行く先々で「ニーハオ」と声を掛けられることにうんざりしたからだ。こんなものは日本に持って帰っても着れないだろう。

なんとなく雰囲気でわたしがブルーのパーカーを差し出すと、「サンキュー」と笑って萌はゲートをくぐっていった。そちらの背中にはユニオンジャックが貼られている。〈お嬢様〉の概念を暴力的に払いのけ、肩で風を切って歩くようなこの友がわたしは好きだ。おとなぶった生徒ばかりの高校で、彼女だけが永遠の反抗期みたいにとんがっていた。心の底には何か難しいものがあるのかもしれないけれど、弱みを見せられたことはない。〈ダメな子〉を装って人生を達観しているようなところがある。ティーンエイジャーが人生を達観してよいものかどうかは知らないけれど。

萌の乗った飛行機が飛び立ち、機影が見えなくなるまで見送ったところで、わたしは気持ちを切り替えた。

休暇は終わった。これからはひとりだ。頑張って勉強して大学に入らなければならない。踵《きびす》を返してシェフィールドへ。心細さもあったけれど、それよりも数週間のイギリス生活と旅行で身につけた自信のほうが勝っていた。

調子に乗っていたのかもしれない。多分そうなのだろう。まさかホームステイ先の家をその日のうちに追い出されることになるとは思いもしなかった。


原因はお風呂だ。

イギリス人には日常お湯に浸かる習慣がなくて、バスタブのない家が多いのは知っていた。玲子さんの家は日本人夫婦が自分たちのために建てた家で何の問題もなかったけれど、旅先で泊まった宿にはバスタブなどどこにもなかった。萌はともかく、わたしの場合、旅の予算はアルバイトで貯めたお金だけで、一日でも長く旅を続けようと思えばユースホステルやドミトリーに泊まるしかない。そんな宿ではシャワーからお湯が出ればいいほうで、それさえ夜になると止まってしまうこともあった。

少々の不自由さはむしろ新鮮でふたりははしゃいだものだけれど、二週間も過ぎれば疲れは溜《た》まる。萌も別れ際には「風呂入りてぇ！」と叫んでいた。わたしもそうだ。心底、お湯に浸かりたかった。

そしてその家にはバスタブがあった。栓《せん》は壊れているのか閉まらなかったけれど、タオルを詰めておけばお湯は溜められる。

「珠樹、賢い」

小さな工夫を自分で誉めて、のんびりと足を伸ばして寛《くつろ》ぎ、湯からあがったところへ血相を変えたミセスローズが飛び込んできたのだ。

どうやら、詰めたタオルを取り去ると浴槽の湯は老朽化《ろうきゅうか》した排水管へ一気に流れ込み、浴室は二階だったので、階下にゴゴゴーッとものすごい音が響き渡ったらしい。古い家にとって、それはレッドカード、一発退場の危険行為だったのだ。


この話はけっこうウケる。知り合ったばかりのクラスメイトたちは、「Terrible!」とか「So bad!」とか、日本人にはできない大きな身振りで驚いてくれる。

「女の子を裸で追い出すなんて……」

けれど次の瞬間には、日本人の風呂好きは異常だという話になる。欧米人ならまだしも、中国や韓国の子にまでそう言われるとは思わなかった。アジア人ならわかってくれるかと思っていたのに、全然ちがった。

「トイレで尻まで洗う民族だもんな」

と首を横に振ったのはマレーシアから来た男の子だ。

イギリスには来たものの、正確に言えばわたしたちはまだ大学生ではない。所属は進学準備コースのカレッジだ。

イギリスの大学は一年生からいきなり専門課程が始まるので、一般教養や最低限のスキルは入学前に身につけておかねばならない。特に留学生は英語力を鍛《きた》えることが緊急課題だ。イギリス人並みに英語を使えなければ講義についていけないから、大学には入れてもらえない。

なので、クラスは外国人ばかり。だいたい似たようなレベルのたどたどしい英語を話す。不思議と流暢《りゅうちょう》な英語よりもたどたどしい英語の方が聞き取りやすかったりもして、イギリスという牧場に紛れ込んだ羊どうし、おのずと親しくはなる。

〈家屋損壊未遂事件〉の後は、すったもんだして、大学附属《ふぞく》の寮に移った。実際には裸で追い出されたわけでも、その晩のうちに締め出されたわけでもない。怒っていたミセスローズは少し動悸《どうき》がおさまってくると、さすがに深夜、若い娘を往来に放り出すわけにはいかないと気づいたようで、一週間の猶予はくれた。

この一週間は、地獄だった。翌朝起きたら朝食は用意されていたし、出かけて戻ってくれば玄関を開けてはくれた。けれどお互いにっこりするわけにもいかず、ミセスローズはむっつりと、わたしは打ちひしがれて、世間話ひとつできなかった。

ミセスローズというのは本当の名ではない。その家の薔薇《ばら》はとても綺麗だったとわたしが何度も言うので、クラスの子たちの間で彼女は自然とそう呼ばれるようになった。まあ、それくらい何度もネタにされた。

レンガの壁に蔓《つる》薔薇が這《は》い、急勾配《きゆうこうばい》の屋根にちょこんと小さな窓のついた可愛らしい家だった。この町へたどり着いた初日――萌と別れて、これから頑張るぞと決意も新たにやってきたその日――玄関のベルを鳴らす前に、わたしは道の反対側に立って、しばらくその家にみとれたものだ。おとぎ話に出てきそうだと思った。

「ビクトリア調ね」

建築の勉強をしたくてやってきたベルギーの子が、そう教えてくれた。

実を言えば、その後も何度かその家の前を通った。通り道ではなかったけれど、未練がましく、用もないのに遠回りをして帰った。

花を見るのだと自分には言い訳していた。薔薇ばかりではなく、窓辺に掛けられたプランターの花も魅力的だった。いかにもイギリスらしく可憐《かれん》でありながら品がいい。九月に咲いていた花が終わりかけると別の花が咲き、冬になっても何かしら彩りがそこにはあって、曇りがちな空を、というより曇りがちなわたしを明るくしてくれる気がした。

花にはそういうところがある。花は優しい。ミセスローズはともかくあの家の花々はわたしを拒まず、むしろ慰めてくれる。多分、気分が沈みがちな時ほど、足がそちらに向いたのだと思う。

もちろん、絶対ミセスローズには見つからないように気を配っていた。まだ遠いうちはゆっくり歩きながら眺めていて、いざ家の前を通り過ぎるときはあらぬほうに目をやりそそくさと足を速めた。もし外に彼女を見かけたら即座にUターンしたと思う。ただ、そういうことは一度もなかった。

その代わり、わたしと同じ年頃の女の子が薔薇の木の間を縫って出てくるのを見たことがある。赤毛をポニーテールにした快活そうな女の子だ。わたしが追い出された後に入ったのだろう。きっとシャワーだけで平気な子だ。

そのときは、自分でも意外なほど落ち込んだ。あんな失敗さえしなければといつにも増して後悔し、深い溜息とともに、とぼとぼ寮に帰ったのだ。

寮の暮らしはなかなかに凄《すさ》まじい。絶えず壁の向こうでうるさい音楽が鳴っている。越してきた日からそれは続いていて、挨拶《あいさつ》がてら少し静かにしてくれないか頼みに行ったら、相手はにこやかな中国人で、「お勉強中なのね、協力してあげる」と、そのときはボリュームを下げてくれたけれど、翌日からはまた同じだった。イライラするだけ損だから耳栓を買って耐えている。

食事も悲惨《ひさん》で、頼んでいた夕飯は発砲スチロールの箱に何やら茶色いおかずとポテトがちょこんと入っていて隙間だらけということが一週間続いて、これは無理だとキャンセルした。とは言え、貯金は旅行で使い果たした上に予定外の引っ越しで物入りだったから、毎日外食というわけにはいかない。自炊しかないかと共用のキッチンを覗けば、これが女子寮かと目を疑う汚なさだ。

盗難もあるからキッチンへ行くときは部屋をロックしろと、これは中国人とは反対隣のリズが教えてくれた。ベネズエラの子だ。女優かと思うほど美しい。頻繁にキッチンを使うらしいので、汚しているうちのひとりではあるのだろう。

「もう少しマシな部屋探せば?」

わざわざ東京まで電話をかけて愚痴るわたしに萌は言う。もちろんそのつもりだけれど、条件のよい部屋を見つけるには時期が遅すぎたし、何より勉強が大変でそんなことをしているゆとりもない。

授業は思ったよりハードで、予習復習が欠かせない。ときには徹夜しないと間に合わないこともある。出席すればOKというものではなくて、きちんと考えて発言したり、エッセイにまとめて提出したりを求められる。日本語でならともかく、すべて英語でというのはきつい。これできちんと点数がとれなければ大学に入れないのだから、呑気に家を探している場合ではない。

「そーかー」と言った萌の声はそのままあくびに変わる。時差は八時間あって、電話するときいつも日本は夜中だった。

「なんかさぁ、らしくないじゃん。お得意のお茶でも点《た》てて精神集中したら。あたしは、もう寝るよお」

サマータイムが終わるとさらに時差は広がって、なかなか電話もしづらくなった。最後に聞いた萌の声はそんなだった。

作り付けの本棚に茶籠《ちゃかご》が置いてある。高校三年間お茶を教わった先生が見繕ってくれた。隣には流儀の巴《ともえ》紋を焼き印した茶掃箱《ちゃはきばこ》。イギリスでも美味《おい》しいお茶を点てられるようにと大事に抱えて持ってきた。

初めてお稽古に行った日、わたしは萌から借りたウィッグをつけ、萌の服を着て萌のような喋り方をした。先生を試すつもりだった。弟子を持つのは初めてという先生は、目を丸くはしたものの、怒りはせず、親に告げ口もしなかった。それどころか次に行ったときには先生も髪を青く染めていてびっくりした。〈ダメな子〉モードのわたしに合わせてくれたらしい。その日は花吹雪《はなふぶき》の中でお稽古をした。忘れられない景色だった。

「いい先生じゃん」

話を聞くと萌は言った。わたしもそう思った。遊馬《あすま》先生、お元気ですか？　手紙を書くって約束したのにごめんなさい。ちょっと今そういう気分じゃないです。せっかく持ってきたお抹茶《まっちゃ》も何だか美味しくなくて……。

玲子さんの家では何度か点てた。「心が落ち着くから」と偉そうに言って萌にも振る舞った。けれどここではうまく点たない。多分、水のせいだと思う。カーディフの水道水は軟水だったけれど、シェフィールドは硬水だ。硬水では、紅茶は香り立っても日本茶の旨《うま》みは出てこない。料理をしていてもそれは感じる。

二度と立ち入るまいと思うほどに汚かったキッチンは、観察の結果、月曜日にお掃除のひとが来てくれて、そのときだけは綺麗になることがわかった。だから月曜と火曜だけはそこで調理することにした。これは、たとえ睡眠時間を削ってでもこの日にしないといけない。生存に関わるミッションだ。

ご飯はお鍋で炊いて、おかず、といっても簡単なものしかできないけれど、なるべく多めに作って何日分か冷凍しておく。週末それも尽きると、あとはパンと林檎《りんご》とサラダだけだ。外食は誰かと一緒のときだけ、それも中華かカレーに限る。他のものに手を出すのは、リスクの高いギャンブルだ。イギリスでわたしたちが生き延びられるのは中国人とインド人のおかげだと、それは本気で思う。

その日、フライパンでハンバーグを焼いていたら、隣の部屋のリズがやってきて横でパンのようなものを焼き始めた。

グレイがかった長い髪、長い睫毛《まつげ》、小さくて彫りの深い顔立ち。イギリスに来てから、鏡を見るたびに自分の顔がどんどん扁平《へんぺい》になっていくような気がする。それは錯覚だとしても、水のせいで髪はごわごわだし、肌も荒れて、ストレスのせいかとにかく見た目はぼろぼろで、美女の隣に立っているだけでひとつの試練だ。ベネズエラは国策で美女を大量生産しているらしく、だとしたらリズは間違いなく成功例だ。

「ホテルはどう?」

長い髪を掻き上げながら歌うようにリズが訊く。腰の高さからして全然ちがうので、声は上のほうから降ってくる。

ホテルというのは、リズのバイト先だ。前に同じようにここで料理していたとき、ホテルでアルバイトをしていると聞いたから、間髪《かんぱつ》容《い》れずわたしは訊いた。

「バスタブ付きの部屋はある?」

え、何が?　と三回くらい聞き返されてようやく意味が通じ、数日後、三室あったと教えてくれた。

以来、わたしは月に一度か二度はそこに行ってお湯につかる。心おきなく浴槽にお湯をためて、ソープを泡立て、のんびり足を伸ばすのは至福の時だ。突っ張っていたふくらはぎや固くなっていた腰が緩《ゆる》み、疲れがとれていく。どうかすると一晩に二度も三度もお湯につかった。その日の眠りは穏やかに深くて、嫌なことを忘れてどうにか再生することができる。リズさまさまだ。

「ちょっと理解できないわ。それだけ払えたらもっといい寮に住めるのに」

リズは焼いているパン――アレパというらしい――をひっくり返す。

「だから食費は節約してる。日本人、お風呂ないと死にます」

わたしは人差し指でハンバーグを指す。この国の物価は高いけれど、食料品は安い上に税金もかからない。外食しない限りはそんなに困らない。

「日本人、お風呂ないと死ぬ……」

鸚鵡《おうむ》返しにリズが呟く。

「日本人、お風呂ないと死ぬ……」

クックッと笑い出し、それから爆笑した。きっと何か言い方が変だったのだろう。

彼女は美術専攻の一年生で、見た目は派手でも中身は意外と堅実だ。勉強家でもある。会ってまもなく浮世絵について質問されたときは困った。ほとんどまともに答えられなくてむしろ逆に教えられて恥ずかしかった。英語もスマートで、わたしの聞く限りではネイティブと違わない。

「リズはどうしてそんなに英語が上手なの？」

わたしは英語の成績が上がらず焦っていた。リスニングが特に弱い。クラスの子たちは時間とともに上達して、この頃では先生のジョークにも即座に反応して笑うのに、わたしだけがワンテンポ遅れる。ネイティブとの接触が少ないせいだ。

他の子たちは、ホストファミリーと毎日喋っているとか、イギリス人学生の多い寮にいるとか、中にはイギリス人の恋人ができたという子もいて、要するに日々、生の英語に触れている。わたしはといえば、寮には外国人ばかりでイギリス人はいない。イギリスにいるのに、授業で会う先生以外にネイティブのイギリス人とはほとんど接触がない。スーパーの店員さんと図書館の受付のひとくらいだ。

そんな風に愚痴っていたら、来週、専攻仲間で軽いランチパーティがあるよと誘われた。

「イギリス人と留学生と半々くらい。友達できるかも」

シティセンターに巨大なクリスマスツリーが立つ頃だった。そこここに光のオブジェが出現して、夜の人通りも増え、皆の荷物が大きくなっている。

誘われたのはパーティと呼ぶほどのものではなくて、冬休み前に、お互い顔を忘れないようパブで親睦《しんぼく》を深めておこうといった程度のゆるい会だった。大学生でもなく美術専攻でもないわたしがいても、誰も意に介さない。

リズは時間になってもやってこなかった。というより時間通りに来ていたのは後から思えば半数程度だ。知り合いはひとりもいない。ようやく日本人の女の子を見つけて話しかけたら、ものすごく愛想《あいそ》のよい挨拶のあとで、日本人同士で固まるのはやめましょうねと離れていった。あっさりしていた。たしかにここで日本人だけで固まっていても仕方がない。それは同感で、だからわたしもそれまであえて日本人のグループには近寄らなかった。とはいえ、そうはっきり言われてみると、冷たく突き放された感じがしてへこんだ。

気を遣って話しかけてくれる男の子たちもいるにはいた。ブラジル、ハンガリー、ケニア……国籍はそれぞれ、皆、日本は好きだよと優しく笑う。一生懸命応対したけれど、へこんだ心はもとに戻らなかった。金縛りにあったみたいだ。

萌と旅していた間は、英語が通じなくてもかまわず気合いで攻めた。高校生でサマースクールに参加したときは、まるで師範気取りで、茶道や華道をイギリス人にレクチャーした。今よりずっと英語も下手で、誤解も失敗もたくさんあったのに、そんなことは気にならなかった。あの水川珠樹はどこに行ったのだろう。

いつの間にか男の子たちは日本アニメの話題で盛り上がっている。わたしはアニメはほとんど見ないから、聞いていても正直よくわからない。アニメも知らないし、浮世絵も知らないし、さっきは歌舞伎《かぶき》についても訊かれたけれど、自分でも情けないくらい何も知らない。作り笑いを浮かべて聞いているよりほかはない。居心地悪いなと思いながらジンジャエールのグラスを握りしめていた。

ふと気づくと隣のテーブルにいた青年が、頬杖《ほおづえ》をついてこちらを見ていた。

「ずっと黙ってるんだね。そうしてたら神秘的に見えるとでも思ってるのかな、日本人って」

そんなふうに聞こえた。ネイティブの英語だ。碧《あお》い目の典型的なアングロサクソンが、皮肉めいた表情を浮かべている。

「乾杯、ミスミスティ」

自分のビールを持ち上げて、気障《きざ》に乾杯の素振りをし、ふふんと鼻で嗤った。そして、つまらなそうに立ち上がって行ってしまった。

「ミスティ?」

どういう意味だろう。ミスティは〈霧深い〉とか〈ぼんやりした〉という意味だ。〈ぼーっとした女〉と貶《けな》されたのか。それとも言葉通り〈神秘のひと〉とでも言いたかったのか。だとしても褒め言葉には全然聞こえなかった。周りの男の子たちに訊いても、皆、肩をすくめるだけだ。

なんとか一時間くらいは耐えて、もう帰ろうとしたとき、出口の近くで、「さよなら、ミスミスティ」と声を掛けられた。カウンター席にさっきのひとが半身で腰掛け、片手を上げている。にっこり返せばよいのか、むっとすればよいのかわからなくて、わたしは曖昧《あいまい》に目を伏せた。やたら気分が悪かった。

もしかしたらレイシストだったのかもしれない。イギリスに来てから何度かそんな体験はした。萌と旅行していたときも、電車のボックス席に空きを見つけて、座ってよいかと尋ねたら、向かいのひとは微妙な顔で黙り込んだ。そのときは後ろのボックスから手招きしてくれるひとがいて、そちらに座らせてもらうことができた。空気を察したインド人夫妻が救ってくれたのだ。それでようやく何が問題だったのか悟った。

ひとを差別してはいけませんとさんざん教わって来たけれど、自分が差別される側になったことは一度もなくて、平和なふたりは鈍感だった。人間、何もしなくても嫌われたり見下されたりすることはある。

けど、そんなひとがわざわざ留学生のそばへ来るだろうか。嫌みを言うためだけに？　美術を愛する人間は、偏見なくおおらかな心の持ち主なんじゃないだろうか。わからない……。何だかもやもやする。

結局、ブラジル人とハンガリー人とケニア人の知り合いはできたけれど、イギリス人の友人はできなかった。

リズはわたしがパブを出たところにやってきた。途中寄ったスーパーのセールがすごくてたくさん買い込んだので一度寮に戻って置いてきたと言う。

「あなたも帰るなら、絶対寄って行くといい。野菜も肉もただ同然！」

あっけらかんと言うから文句を言う気にもならない。わかったそうすると手を振って、別れたあとで溜息《ためいき》をついた。ほんとにみんなマイペースで羨《うらや》ましい。

教わったスーパーではたしかに色々な食材が投げ売り状態になっていて、リズが思わず興奮したのもわからなくはない。わたしも茶色い紙袋に山盛り野菜や果物を詰めて、でも高揚するよりはむしろどこかわびしい気持ちになった。なんだか農家のひとに申し訳ないとも思ったし、こういうものはむしろホームレスに配ったほうがよいのではないかとも思った。だからと言って自分で何かするわけでもなく、ぱらついてきた雨にパーカーのフードを引き上げて、とぼとぼと歩いていた。

「タメイキ?」

背後に声がした。そんなに大きな溜息をついたかなと立ち止まる。しかも日本語だ。振り返ると、見覚えのあるひとが立っている。

「タメイキ? ミスタメイキ!」

ミセスローズだと気づいて後ずさった。その道を歩いていた自分にも驚いたし、数ヵ月前の事件がフラッシュバックして緊張したし、でも、一番混乱したのは〈溜息さん〉て何だろうということだった。

これも皮肉のたぐいなのか。〈ミスティ〉の次は〈溜息さん〉か。いや、それよりも、いつから〈タメイキ〉は〈カラオケ〉や〈カロウシ〉並みの世界語になったのだろう。

ぽかんとした相手にミセスローズは不安になったのか、二、三歩わたしの背後に回り込んでわざとらしく背中を見た。多分、日の丸のステッカーを確認したのだろう。追い出されたときもこのパーカーを着ていた。

「タメイキ、お久しぶりですね。お元気でしたか」

蔓薔薇の壁がすぐそばにあった。近くで見ると、壁のレンガのひとつひとつ、角がとれて丸くなっている。それほどに古い家なのだ。

と、ようやく脳がカタカタと動き始める。なるほど、タメイキではなく、タマキと呼んでいたのだ、その声は。

「溜息さんって……」

いくら何でもそれはない。勘違いに気づいたら急に笑えてきて、笑っている場合ではないと思うほどに止まらなくなって、肩が上下に揺れた。抱えていた紙袋から買ったばかりの林檎がひとつ、飛び出して坂を転げていく。

「あら、大変」

ミセスローズが追いかけようとすると、向こうから歩いて来た恰幅《かっぷく》のよい紳士がそれを拾った。持っていた杖を左脇にはさんで腰を落とし、両手でキャッチすると満足そうにゆっくりと立ち上がる。林檎を左手に、空いた右手で帽子を浮かせる。

「やあ、ケイト」

そうだ、ミセスローズの本当の名はケイトだ。

「ごきげんよう、そしてありがとうございます。ミスターグレン」

グレン氏は彼女に林檎を渡しながら、上体だけぐいと横に倒して彼女の後ろのわたしを見た。

「そちらの黒髪は白雪姫かな。林檎にはくれぐれもご用心」

パチッとウインクをする。そして薔薇の門をくぐっていく。後を追うミセスローズは、手にした林檎に気づいて振り返る。

「一緒にお茶をいかが？」

ぎこちない口調だった。

「あなたとはもう一度お話ししたいと思っていましたよ」

笑みはないけれど、社交辞令でもないらしい。

笑って筋肉がほぐれたのか、わたしの緊張は消えていた。気づけばまだ何の挨拶もしていない。

「あ、えっと、失礼しました。こんにちは。わたしもまたお目にかかれて嬉しいです。えーと、お茶のお招きをありがとうございます。喜んで伺います」

ミセスローズはたどたどしいわたしの言葉を真剣な表情で聞き取って、お茶を飲むのだなと確認すると大きくひとつ頷《うなず》いた。林檎を人質のように持ったまま家へ戻る。

玄関を入ると、グレン氏はもうハンガーに帽子を掛けて、窓辺に寛いでいた。まるで自分の家みたいな態度だと思ったら、実際そうだった。そういえば初めてここに来たとき、ミセスローズはそんなようなことを言っていた。

「正確に言えば、わたしは家主ではありません。管理人です」

詳しいことは後で聞けばよいと思ったからやり過ごして、詳しいことを聞く間もないまま追い出された。お茶の用意を待ちながらグレン氏の語ることには、もともとこにはグレン一家が住んでいてミセスローズは住み込みの家政婦だった。グレン夫人は病気で長く臥《ふ》せっていたから、家事や息子の世話をいっさいがっさい任されていた。息子さんはやがて独立して出て行き、看病もむなしく夫人が亡くなり、グレン氏とミセスローズだけが残った。ふたりで暮らすのが気まずかったのか、ひと目を気にしたのかはわからないけれど、今、グレン氏は近所のアパートのようなところに住んでいる。

「この家の薔薇にはわたしよりも彼女の手が必要だからね」

わたしが不思議そうにしたからか、グレン氏はそう言って、またパチッとウインクした。他にも事情はあるのかもしれない。

「まあ、排水管が壊れたら、多分、わたしが修理に来ないといけないが」

「あわわ、あのときはすみませんでした！」

焦って謝ると、まあまあ落ち着けというようにグレン氏が両手を広げる。

ミセスローズにもいくらか後悔の念はあるらしい。

「あなたには少し気の毒なことをしたかもと思っていたのです」

言いながら三つのカップに紅茶を注ぐ。

――少しなのか
とわたしは思った。自分が引き起こしたこととはいえ、わたしにとっては人生最大の危機だった。結局、親にも本当のことは言えていない。ホームステイ先の家の水回りが故障したのでやむを得ず寮に移ったと伝えてある。あのときは玲子さんに泣きついて、代わりに謝ってもらったり交渉してもらったりとずいぶん迷惑をかけた。親たちには言わないでと玲子さんにも萌にも口止めしてある。

「責任感の強いひとなのです」

ミセスローズが空になったポットを持ってキッチンへ消えると、グレン氏は言った。

「この家をとても大事に思ってくれています。もしかすると、わたしよりも。わたしたち家族の世話がなくなった今、彼女は名実共にハウスキーパーです。ハウスを壊さずキープすることが至上命題で、実際、それはなかなか大変な仕事です。どこもかしこも壊れそうなので」

それでもイギリス人は古い家が好きだ。もろくなった家を守って、静かに静かに暮らしている。そんなミセスローズがあの晩味わったのは、野蛮《やばん》な異国人に家ごと潰されそうな恐怖だったのかもしれない。ホームステイを受け入れたのは初めてだったそうだ。お給料は払えないので、その代わりにするようグレン氏が勧めたのだ。

「わたしがいれば、取りなしてあげられたのですが、間の悪いことに、少し前に倒れて入院していたものだから、彼女にはずいぶん心配をかけてしまって、その心労もあったと思うのです。普段は優しいひとです。とても優しいひとです」

多分それは本当なのだろう。あまり笑わないミセスローズの優しさを、グレン氏だけは知っている。そんな雰囲気があった。

彼が彼女を庇えば庇うほど、わたしはあのときの寄る辺《よるべ》なさを思い出して身が震えた。言葉さえ満足に通じない知らない土地で、寝床《ねどこ》を失う心細さ。それまで一度も浴びせられたことのないような罵声《ばせい》。もし玲子さんがいなかったらと想像すると、目の前が真っ暗になる。寮の暮らしの厳しさも、成績が伸びないことへの焦りも、ひとから疎《うと》まれているのではという不安も、すべてはあの日に起因している。どうして、あの日、わたしは……。

いつの間にか涙が溢《あふ》れて止まらなくなった。ここは泣くところじゃない、止まれ止まれと思うほどに後から後から湧いてくる。驚いたミセスローズがキッチンから出てきて、何か言っているのはわかったけれど目がかすんでよく見えない。グレン氏とふたり、おろおろしていたのだと思う。

ひとしきり泣いて少し落ち着いてきたとき、肩に温かい腕が添えられ抱きしめられた。ミセスローズの胸の中で、ごめんなさい、ごめんなさいと呟いた。日本語だったけれど、多分通じたのだと思う。背中をぽんぽんと何度も優しく叩かれた。

「こ、これはいるかな、お嬢さん」

グレン氏がティッシュペーパーの箱を差し出してくれる。思いきり洟をかんで、ようやく泣き止んだ。考えてみたら、この町へ来てから思いきり笑ったのも思いきり泣いたのもその日が初めてだった。

「すみません」

涙を拭いながら謝ると、何の問題もないとグレン氏は微笑《ほほえ》んで、ふたりはもうそのことには触れなかった。

「今日のスコーンは悪くないね。まったく悪くない」

そう言ってミセスローズの焼いたスコーンを勧めてくれた。イギリス人の〈悪くない〉は、そうとうの褒め言葉だ。

「ところで、さきほどの比喩ですけれど」

冷めたお茶を替えながらミセスローズが言う。

「彼女が白雪姫だとすると、わたくしは悪い魔女だったのでしょうか」

「おや、小人のほうがよかったかね」

ミセスローズは口をへの字にし、グレン氏はしれっと紅茶を飲み干す。おかしくてわたしも少し笑った。

「また来なさい。この時間はたいていわたしもここにいます。入院しない限りはね」

その日、グレン氏はわたしを寮まで送ってくれた。冬は日の暮れるのが早くて、お茶が終わると外はもう暗かった。

また来いと言われても、学校があるからお茶の時間に行くのは難しい。それでもその後、何度かは訪ねた。ミセスローズは相変わらずあまり笑わなかったけれど、スポードのティーポットで淹れてくれる紅茶は絶品だった。日本でこれほど芳《こうば》しい紅茶を飲んだことはない。

そこにはいつも何か焼き菓子がついていた。ビスケットだったりショートブレッドだったり。自家製のこともあったし、市販の物の場合もあった。その都度、グレン氏は味を批評して、何かしら薀蓄《うんちく》を披露してくれた。ビスケットは産業革命の副産物だとか、ショートブレッドはほぼお菓子だけれど、税金がかからないようパン（ブレッド）と呼ぶのだとか。

それは少し不思議な時間だった。わたしはふたりの邪魔をしているような気もしたし、逆にふたりを支えているような気もした。わたしが訪ねていくと明らかにふたりはほっとした表情を見せる。あたかもふたりきりでいるのは後ろめたいというかのように。

日が短いうちは、毎度、グレン氏が寮まで送ってくれた。それが紳士の務めなのだそうだ。

「もしよかったら」

ある日、寮の手前でグレン氏が言った。

「またあの家で暮らしませんか」

春、シェフィールドにも桜が咲いた。わたしはお花見を提案して、クラスメイトたちと一緒にピースガーデンへ行く。芝の上にレジャーシートを広げ、これが日本の伝統的なお花見スタイルだとレクチャーしながらお抹茶を点てた。何軒もスーパーを巡ってやっと軟水のペットボトルを見つけたのだ。それを湧かしてポットに入れた。お菓子はショートブレッド。

学校はイースター休暇に入ったところだ。天気の不順なこの街にしては珍しく日射しの穏やかな日で、たくさんのひとがうきうきと外を歩いていた。それでもいつ空模様が変わるかもしれないと、警戒は怠《おこた》りなかったけれど、お茶を点てているうちにそんなことも忘れてしまった。シェフィールドの空気に自分がしっくり馴染んでいるのがわかった。降るときは降る。それだけだ。

飲み終わると、中国人の女の子が、これが中国の伝統的なダンスだと古典舞踊をひとさし舞ってくれた。ものすごく身体が柔らかくてびっくりする。それじゃあと立ち上がった韓国の子がテコンドーの型を披露して、周囲の見知らぬひとびとからも拍手が起こった。

なんとも平和だ。そういえば、この〈ピースガーデン〉という名は、広島から訪れた被爆者たちに捧げられたものだそうだ。入り口の石板に記されていた。海を隔てていてもひとの心はつながっていると素直に信じられそうな気がしてくる。

そのとき、どこからか呼ぶ声がした。

「おーい、ミスミスティ」

パブで会った碧眼《へきがん》の青年だ。遠目に目立つショッキングピンクのパーカーが引き寄せてしまったらしい。それでもわたしは機嫌がよかったから、思いきり笑顔を作って、何か御用ですかと訊いた。

「引っ越し先、探してるんだろ。うちのシェアハウス、今度ひとり抜けるから、君、どうかなって」

「はぁ？」

わたしは首をひねり上げるようにして彼を見た。男のひとと一つ屋根の下で暮らすなどと言ったら、うちの親は卒倒する。

「なんだ、嫌ならいいよ。そんなに怖い顔で睨まなくても」

作ったはずの笑顔は険しく歪んでいたらしい。

バツが悪そうにしているのが少し気の毒になって、一服どうかと勧めてみると、彼は物怖じもせず車座の中に割り込んで、やっぱりふふんと鼻で嗤うようにわたしの点前を眺めた。そういう癖《くせ》なのかも知れない。寮を出たがっていることはリズから聞いたと言う。

家の話だと気づいて、クラスメイトたちが余計なことを蒸し返す。〈家屋損壊未遂事件〉だ。彼は失礼なくらいガハガハ笑って、カフェオレボールでも啜《すす》るように抹茶を飲み干した。神経質そうに見えるのに、することは案外がさつだ。

「大丈夫ですから」

みんなにも聞こえるようにわたしは宣言する。夏からは、またミセスローズと暮らします。えーっと皆がのけぞる。彼らの中のミセスローズは怖い魔女のようなイメージなので、大丈夫かと口々に心配された。

わたしが見かけた赤毛の子は短期の語学留学でとっくに引き上げ、今いるのは中国人の大学院生だ。こちらは二ヵ月間だけなので、まもなく帰国する。

ここだけの話だがと、あのとき、グレン氏は言った。

ミセスローズにとって、わたしは排水管を壊しかねないモンスターだったけれど、その後に預かった学生たちも負けず劣らずモンスターだった。赤毛の女の子は毎晩遅くまで遊んで帰って来なかったし、今いる大学院生はまるで自分がご主人様のように要求ばかりする。それに比べれば、タマキは真面目だし、よく片付けを手伝ってくれるし、礼儀も正しくて、下宿人として申し分ない。そのことに今さらながら気づいたと。何より薔薇を誉めてくれる言葉が嬉しいとミセスローズは言っていたそうだ。

だから順調に大学への進学切符を手に入れたなら、あらためてグレン家のお世話になろうと思う。花に囲まれた家に暮らせると思うと今から嬉しい。不器用なおとなふたりのことも気にかかる。


遊馬先生、お元気ですか。こちらは長くてどんよりした冬がようやく終わったところです。今度こそお手紙を書きますね。長い長い手紙になりそうです。

四、**翠初夏洛北**（みどりなすしょかのらくほく）の段北山《きたやま》の奥、鞍馬川《くらまがわ》の上流に温泉はあって、駐車場の隅の石段が露天風呂に続いている。貴船《きぶね》から鞍馬山を越えてきたふたりは、歩き疲れて悲鳴をあげている太腿《ふともも》を一段一段振り上げて上り、鄙《ひな》びた風情《ふぜい》の入り口から暖簾をくぐった。

脱衣所でのろのろ服を脱ぎ、洗い場で汗を流す。

「はぁ〜」

ようやく露天の湯に肩を沈め、久美《くみ》は声にならない息を大きく吐いた。身体を覆うすべての皮膚からじんわりと温かさが沁《し》みてくる。一足先に浸かっていた翠《みどり》は、久美が今盛大に揺らした湯に身を任せながら「極楽、極楽」と歌うように目をつむる。新緑を映した湯の面《おもて》はやがて鎮まり、湯煙《ゆけむり》に覆われる。

「あたしらも年とったよねー。温泉に浸かって極楽極楽なんて、ミロリンがそんなバくさいこと言うとはねぇ」

「クーミンかて、おっちゃんみたいに、はぁ〜って呻《うめ》いてはったやん。そもそも、温泉に行きたい言うたん、クーミンや」

「だからぁ、お互いによ。連れてきてもらって感謝してる。たどり着くまで大変だったけど。ミロリンの彼もさぁ、なんであそこで止めてくれなかったかなぁ。あんなきついって知ってたら歩かなかったわぁ。車でぴゅーって送ってもらったよね、絶対」

しばらく音信のなかった久美から、京都に行くので泊めてくれと連絡があったのは二週間前だ。来月に結婚を控え、最後の自由旅行だと言っていた。どこへ案内しようか思案していたら、幼なじみの哲哉《てつや》は貴船をあげた。

「久美ちゃんか、覚えてるで。何年前やろ、あれ。いっぺんみんなで来はったやろ」

七年前、翠は東京で音楽系の専門学校に通っていた。久美はそのときの同級生で、夏休みに一度、男の子たちと一緒に京都へやってきたことがある。そのメンバーでバンドを組もうかどうしようかという頃だ。スタジオを借りて毎日練習していたから、旅行というより合宿のようなものだったけれど、それでもせっかくだからとあちこち有名な場所は見て歩いた。

「それやったら、貴船あたりはどうや。新緑が綺麗な頃や。そろそろ川床《かわどこ》もやってるんちゃうかな」

鴨川を北へ北へと遡《さかのぼ》りその水源に近いあたりは、清涼な気に満ちた京の奥座敷だ。水を司る龍神を祀《まつ》り、雨乞いや雨止みの祈禱《きとう》を担う。夏なお涼しく、昔から貴族たちの憩いの地でもあった。

「水まつりのお茶会、翠ちゃんも行ったことあるやろ。何でも願いごと叶えてくれはるごっつ強力な神さんや。近くに鞍馬温泉もあって、ちょうどええやん」

そう言って当日も親切にふたりを車で貴船まで運び、川床料理を振る舞ってもくれた。

哲哉の言うとおり、五月の貴船は透き通る緑が清々しく美しく、そこに鳥居や玉垣の緋色《ひいろ》が映えて絵葉書の中を歩くようだった。社《やしろ》は、本宮《ほんぐう》、中宮《なかみや》、奥宮《おくみや》とあって、ことに中宮は結社《ゆいのやしろ》とも呼ばれ縁結びの神を祀る。その昔、和泉式部《いずみしきぶ》も御利益に与《あずか》ったと聞いて、〈和泉式部〉が誰かも知らぬ久美だが、熱心に手を合わせて祈っていた。

本宮で引いた水占みくじを御神水に浸す。細長い草の葉を模した結び文に願い事をしたため定められた場所に結ぶ。参拝は中宮よりも奥宮を先にするのが習わしで、ここまで登ると、あたりはいっそう深閑《しんかん》として、神さびた境内にそよぐ風も瑞々しく、心が洗われたと久美は喜んでいたのだ。

哲哉は午後から仕事に戻らねばならず、温泉まで送ろうと言いながら道を下る途中、渓流の向こうに門が見えた。

「鞍馬寺の西門や。こっから入ってまっすぐ鞍馬寺抜けても温泉に行けるで。牛若丸《うしわかまる》が修行しとったたぁゆう、めっちゃ有名なお寺さんや」

そう聞いて、歩いてみようかなと言ったのは久美だ。哲哉はその足元を見て、ハイヒールなどではなくタウンシューズなのをみとめると、腹ごなしにちょうどええかもしれへんと頷いた。鞍馬寺を過ぎて街道に出るまで一時間くらいのはずだ。

〈和泉式部〉は知らなくても〈牛若丸〉はなんとなく知っていて、せっかくだから超有名な鞍馬寺も見ておこうと久美は思ったのだったけれども、そんな好奇心を後悔するまでいくらも時間はかからなかった。門をくぐるとすぐに急な登り坂になった。

「お昼奢《おご》ってもらったしこんな……こと言いたくないけど、だ、騙《だま》されたって感じがするのは、気のせいかな。ハァハァ。これって……近道っていうより、登山なんじゃ……ないか……な……」

すぐに息が上がって言葉が続かない。

「ほんまやわ。かんにんやで」

地図の上で見ればまっすぐなバイパスでも、高低差はかなりのものだ。鞍馬寺の本堂はだいぶ高いところにあるようで、落ち着いて考えてみれば山をひとつ越すのがそうたやすいはずはない。門のそばに杖が何本も用意されていた時点で気づくべきだった。

数百年を経た極相林《きょくそうりん》の中、太い木の根の浮き出た坂道は足の置き場に気を使い、石を組んだ階段は露と苔《こけ》で滑りやすい。貴船で味わった爽やかな幸福感は汗にまみれてすぐに消えた。

「あのまま車で……温泉まで送って……もらうんだった……ゼイゼイ」

といって、引き返してももう哲哉はいないだろうし、山を迂回《うかい》して道を歩けばそれなりに時間もかかる。バスや電車も調べてないのでよくわからない。

「ほんまやわ。怒っとくわ」

「あたしが……って……言わないでね。ミロリンが……疲れたって……、ああ、やっと着いた……ここ?」

視線の先に〈奥の院　魔王殿〉と書かれた杭が立っていた。石段を上りきるとベンチが目につき、久美は迷わずへたりこむ。翠も隣に腰を下ろし入り口でもらった地図を広げる。まだ行程の五分の一ほどだと知ると、それは言わないほうがよさそうな気がしてまた畳む。

目の前に小さな拝殿があった。左右に振り分けた幕の中央に鈴ではなく小さな鰐口《わにくち》が下がっている。手前には六角形の台座に大きな石燈籠《いしどうろう》。

「魔王って何?　鬼じゃないの?　怖いんじゃないの?」

少し息が落ち着くと久美は言った。

「どうやろなぁ」

怖い場所には見えなかった。ただ、貴船から登り始めたふたりは鞍馬寺の裏口から入ってきたことになり、表から見ればここは寺の最奥にあたる。貴船の奥宮がそうだったように、ここも鞍馬寺の参詣者にとっては最も神聖な場所にちがいない。ちらほらと佇《たたず》んでいるひとびとはみな神妙な面持ちに見える。

ややあって拝殿へ向かい、鰐口の下で太い緒を振る。鈴のようにジャラジャラとは鳴らず、静かに幕の内側へ入る。賽銭箱《さいせんばこ》があったので小銭を放り、ふたり並んで手を合わせた。ここ奥の院は鞍馬山随一の聖地であり、一木一草も摘んではならないと記した札が正面に掛かっていた。

「ここ、寒くない？」

たった今まで汗ばんでいた身体が急にひんやりとして、痛いくらいだった。何か試されているよう気がして、翠は周囲を見渡し、けれどとても長居はできず外へ出た。答えを得ぬまま逃げ出したような気分だ。

日向《ひなた》で少し身体を温め、やがて他の参拝客とは逆方向へ歩き始める。ここから先は、幼少期の源義経《みなもとのよしつね》、つまり牛若丸が天狗《てんぐ》とともに武芸の稽古をしたと伝わる領域だ。

源氏の頭領であった父を殺され、やがて母とも引き離され、牛若丸は鞍馬寺に託された。稚児《ちご》名は〈遮那王《しゃなおう》〉だ。ある日、僧正《そうじょう》ガ谷《だに》のあたりで大天狗に出会い、導かれて修練するうちに驚異の身体能力を身につけた。五条《ごじょう》大橋《おおはし》の欄干《らんかん》をさながら蝶鳥のごとく飛び回り弁慶《べんけい》を翻弄した身軽さは、〈木の根道〉で鍛錬した成果とも言われる。地盤が固すぎて奥へ潜り込めない杉の根が、ごつごつと地表に浮き上がり網の目のようになった異様な景観だ。

「うわっ、根っこ踏んじゃいけないの？　じゃあ、どうやって通るのよ」

久美は根と根の隙間に脚を入れる。次の隙間を探して大きく脚を振り上げ、巨大なパズルに身を投じた体《てい》だったけれども、数歩も進まず音《ね》を上げた。ここを素早く通り過ぎるためには怖ろしく俊敏な判断力と跳躍力がいりそうだ。

「無駄に体力消耗したわ」

何とか越えたところで腰を折り両膝に手を当てた。

そのあたりが最も標高の高い地点で、やがて、牛若丸も一息ついたという〈息つぎの水〉付近から下りになる。まもなくして視界が開け、本殿金堂《こんどう》の前に出た。

すると、翠がふらふらと駆け出した。広い空間に出て行き、その中央でしゃがみ込む。

「大丈夫？」

追いついた久美もかがみ込んで翠の肩に手をかける。疲れた疲れたと文句を言っていたのは自分だが、もしかしたら翠のほうがずっとくたびれていたのかと反省した。

「そやないねん。何か、やっと解放された感じやねん。ずっと空気が重かったやろ」

「空気？」

「重いゆうか濃いゆうか」

うまく言えないが貴船からずっと肩に圧力を感じていた。特に原生林を分け数百年の樹齢を持つ杉の木のそばを通るようなときには重たくなった。それが今、ふっと消えた気がする。

「気分いいねん。ほんまは今、こう手を挙げて空に向かって、アーって叫びたいくらい」

翠はそっとあたりを見やる。少なくない人数の参詣人がそこここに立っている。大声など出せない。

と、久美が立ち上がり、両腕を空に突き出し大きく伸びをする。肩を回し、改めて両腕を上げ「アー」と空に向かって声を放った。ストレートなロングトーンだ。驚いた翠がしゃがんだままあわあわとたしなめる身振りをする。久美は声を引き延ばしたまま周囲に目をやり、注目を浴びていることに気づくと両手を大きく横へ広げた。

「ーベマリーィアー」

そう続けて、きゃははははと笑う。


久美と付き合っていたのは十代の終わりのわずか二年間。京都生まれの翠にとっては生涯でたった一度、ひとり暮らしの自由を満喫した宝のような時代だ。もう夢のような気もする。毎日一生懸命エレクトーンを弾いていた。女子寮の生活も楽しかった。さまざまな地方から出てきた女子学生が暮らし、所属する学校も異なっていた。とにかく広い世の中には、同年代に限っても色々な人間がいるのだと知った。

久美は、そんな中でも特別だった。東京育ちで垢《あか》抜けていて、晩稲《おくて》の翠をあちこち華やかな場所に引っ張り出してもくれた。バンドではヴォーカル担当で、ハスキーでおとなっぽい声が魅力的だと、後ろでキーボードを弾きながら翠は思っていた。

「お寺さんで〈アベ・マリア〉て」

「だね。でも、すっごく気持ちよかった。ミロリンもやってみたら」

「無理やわ」

ふたりが佇んでいるのは本殿正面の石畳の上で、敷石は大きな魔法陣のような形をしており、中央に六芒星《ろくぼうせい》、さらにその芯《しん》に正三角形の石が埋まっている。もういいですかと声を掛けられて振り向くと、何人かのひとが並んで待っていたのは、どうやらそこが特別な場所だったかららしい。

後ずさるようにふたりが敷石を外れると、なぜか次にそこに立ったひとも天に向かって雄叫びを上げた。久美を見てそれが作法だと勘違いしたようだ。

「クーミンのせいやわ。どないす……」

言い終わらぬうちに手首を摑まれ引っ張られた。久美が知らぬふりでその場を離れようとしている。いたずらを見つかった子どもが身を隠すように本殿へ逃げ込み、そっと外をうかがって悪びれもせずに笑う。相変わらず大胆なひとだ。そういえば昔からよく路上で歌っていた。

「変わらへんなぁ。今も歌《うと》うてはんのん？」

久美は、全然、と肩をすくめる。

地元の音楽教室に勤めが決まり、翠は二年で東京を引き上げてきた。久美のほうは専科まで進んで卒業したものの、音楽関係どころかどこにも正規採用はされず、派遣で化粧品の販売員をしている。バンドからも歌からも遠ざかった日々だ。その点、小さな音楽教室とはいえ毎日音楽に携わっている翠は恵まれている。この頃はときどきパーティのＢＧＭに演奏を頼まれることもある。それを聞いたとき、久美はとても羨ましがったものだ。

本殿の中には、美しく荘厳された内陣がある。金属のカーテンのような瓔珞《ようらく》の向こうに本尊が祀られている。といってもその姿は三体だ。〈尊天〉と称される鞍馬寺のご本尊は、護法魔王尊《ごほうまおうそん》、毘沙門天王《びしゃもんてんのう》、千手観音菩薩《せんじゅかんのんぼさつ》の三身《さんみ》を一体とした存在であるという。それぞれの像は秘仏であり、その姿は六十年に一度、丙寅《ひのえとら》の年にしか開帳されない。普段見えているのは御前立《おまえだち》の仏像だ。

護法魔王尊の御前立は天狗の姿をしている。蓬髪《ほうはつ》で髭《ひげ》をたくわえ、長い鼻と背中に羽根を持っている。奥の院に祀られていた〈魔王〉とはこの護法魔王尊であり、魔王尊は鞍馬の天狗たちを統べるものでもあるらしい。牛若丸が出会った天狗たちは皆その配下ということだ。久美と翠は神妙に手を合わせた。

「何お祈りした？」

「……世界平和」

「あたしも！」

なぜか、ここでは俗な願い事をする気にならない。尊天の存在も教義もよく理解したわけではないのに、自分のささやかな悩みや望みよりも、もっと大きな〈世界〉や〈自然〉に意識が行ってしまうのは、全山が漂わせている〈気〉のせいだろうか。

「ミロリンてそういうの強かったっけ。霊気とか霊感とか？」

「あらへん、あらへん。でもさっきまではなんや少し怖かったんかもしれへん。普通のお寺とはちゃう感じやね」

こなれた柔らかな気をまとっている市中の寺院とはだいぶちがう。どこかごつごつしてピリピリして野性的だ。

表に出ると、若い女性が魔法陣のような石畳に跪《ひざまず》いていた。正しくは〈金剛床《こんごうしょう》〉と呼ばれ、魔法陣に見えるものは星曼荼羅《ほしまんだら》を模している。信者にとっては聖なる修行の場なのだとふたりが知ったのは本殿の中でだった。

ここから先はほぼ下りの道で、とはいえさほど楽とも言えぬ九十九折《つづらお》りの坂が延々続いたので気が抜けなかった。無駄口をきくゆとりもないまま、火祭で有名な由岐《ゆき》神社を過ぎ、仁王門を抜けたところで、ようやく翠は現世に戻った気分になり、久美の結婚話に水を向けた。久美は堰《せき》を切ったように年下の結婚相手のことや式や新婚旅行について話し出し、温泉まではあっという間だった。看板の向こうに露天風呂の入り口を見つけ、勇んで駆けようとしたら、ふたりとももう脚が重くて上がらなかったのだ。

「きつかったぁ。一時間って言ったの誰よ。ゆうに二時間はかかったよね」

「そやったねぇ」

「でも、面白かった」

「ほんま？」

「うん、車でぴゅーって来たら、魔王にも会えなかったし」

「会《お》うてないやん」

「そうか、はは。それにしても疲れた。あの頃だったらなぁ、こんなにこたえなかったかな。嵯峨野《さがの》でも大原《おおはら》でもいくらでも歩いたよね」

「みんなで遊びに来はったとき？」

「そうそう、あの頃。若かったぁ、つくづく」

「そんなんばっかり言うて」

「楽しかったよね」

「そやったかな」

「なーんか変な子いたじゃない。アズマ君だっけ、妙な偽名使ってて。あたし、あの子に無茶苦茶腹立てて、一緒に帰るの嫌《いや》って、ミロリンちに置き去りにしちゃったんだよね」

「そやで。うち、困ったわ。お父ちゃんにどういう関係やて勘ぐられるし」

「だろうね。それがお家元のご子息だったっていうんだからこれまた驚いた。まあ、色々あったけど、楽しかったよ。もうあんな旅できないかも。これが独身最後の旅だー」

久美は四肢《しし》を天に向けて伸ばした。飛沫《しぶき》が上がり、湯船の向こうで他の客が驚いている。

「けど、うち、びっくりしたー。結婚相手はてっきりハギリンや思てたし」

あの頃、久美が付き合っていたのは髪を金色に染めた萩田《はぎた》という同い年の大学生で、京都へ一緒に来たのも彼だ。

「とっくの昔。アイツの親さぁ、香港《ホンコン》にいたじゃない？　なんか向こうでビジネス始めたみたいで、会社辞めたらしいんだ。ゆくゆくはタイだかマレーシアだかに土地買って永住したいみたいな話だった。で、アイツはどうするってことになって、就職活動もそんなうまく行ってなかったし、自分もそっち行くわって、卒業したらぴゅって行っちゃったの。あたし置いて」

「それはちょっと聞いてた」

「香港で何か仕事してたみたいなんだ、お父さんの紹介で。でも一年もしないうちに、やっぱブラジルがいいって、飛んでっちゃったの。ひとりで」

ブラジルは父親の最初の海外赴任先で、萩田は子ども時代をそこで過ごした。馴染みのある国ではあった。

「そうゆうたら、なんや、大好きなグループがおったよね。ストリートチルドレンから這い上がった人気グループ」

「そうそう、リスペクトしてた」

「だからブラジル？」

わからない、と久美は首を振る。ブラジルに行ってもしばらくは連絡をとっていた。だが次第に返事が間遠になり、そのうちに何も言ってこなくなった。

「自然消滅ってことよね」

「別れ話とか、全然なかったん？」

「ない」

「もしかして、何かあったんちゃう？　病気とか事故とか」

そうではない。今は便利な世の中だから、調べようと思えば生きているのかどうかくらいはすぐわかる。久美の知らない仲間たちと久美の知らない日々を過ごしているらしいことはわかる。要するに、もう遠くへ行ってしまったのだ。

そのことにふんぎりがつくと、派遣先で出会った社員からの度重なるプロポーズを受ける気になった。

「ふーん。でも、最後の旅は京都なんや……」

久美は聞こえなかったかのようにザブンと湯から上がり湯船の縁に腰掛けた。煽《あお》られて溺《おぼ》れそうになった翠は、まだ好きなんちゃう？　と聞く間を失った。

「ふー、熱ーい！」

そう言う身体からほわほわと湯気が上がる。昔と変わらぬ締まった綺麗な体型だ。頭に巻いていたタオルを解くと長い髪が肩を覆った。背後には青々とした北山の景色があり、湯煙が白くそれを霞ませている。耳を澄ますとチッチッと鳥の声も聞こえる。

「ミロリンは？　ミロリンこそ、とっくに哲ちゃんと結婚してるかと思ったよ」

「してたら連絡くらいするやん」

「それもそうか。親とか何にも言わない？」

「言う言う。こないだまでまだ早い言うてたくせに、二十五過ぎたら急にそろそろ行かんか、まだ行かんのか、行ってくれーて、掌《てのひら》返したみたいに。特にお母ちゃんがうるさい」

「お婿《むこ》さんもらわなくちゃって言ってなかった？　ひとりっ子だよね」

「どうなんかな。哲ちゃんは次男坊やし、お婿でもかめへんみたいやったけど」

幼なじみの坊城《ぼうじょう》哲哉は、昔から何かと翠をかまい、恋人気取りでまとわりついてきた。今は兄の継いだ実家の不動産屋で専務という肩書きを持っている。翠の家は高《たか》田《だ》畳店という。職人は父親ひとりで、常時見習いの若者がひとりふたりいるかいないかといった小さな店である。

「お婿に来てもろても哲ちゃんが今から畳職人にはなられへんし、それでやろか」

結婚など眼中になかった翠もそろそろ観念して、相手はこのひとなのだろうと思い始めた頃になって、哲哉のほうはぱったり結婚について口にしなくなった。それまでは会うたび挨拶のように結婚をほのめかしていたのにだ。

「ちょっと目ぇ離したらお見合いしてたりすんねん」

「何、それ」

「相変わらず親切やけどなぁ。今日かて仕事あるやろに車出してくれはったし」

「御飯も奢ってくれたし」

「何なんやろ」

「何だろうね」

久美は髪をくくり直し、もう一度今度は静かに湯に浸かる。湯船の縁に子犬のように両手をかけて顎《あご》をのせる。寝そべるように身体を伸ばす。面白そうなので翠も同じ格好で隣に並んだ。かすかな風が頭上を行き過ぎ、ずいぶん長く浸かっていてものぼせるということがなかった。

温泉から上がると、一休みして早めの夕食にした。水音涼しい渓流の傍《そば》で、久美の望んだ湯豆腐を注文する。

「湯豆腐がいいなんて、あの頃は思わなかったなぁ」

「まだ言うてる。しゃあないやん、誰かて十九歳の頃と二十六歳とでは違うやん」

十九歳の久美は、親の束縛なく自由気ままに過ごしている萩田が魅力的に見えたのだ。でも、二十六歳の久美は、好きだからとブラジルまで追いかけていったりはできないのだ。年下でも堅実なサラリーマンを選んでしまう。何かそこに一抹の淋しさを感じるのだろう。

「悪い子じゃないのよ。可愛いとこもあって。ああ、あたしがいないとこいつダメだわって感じ。優しいし。ほどほどに男気もあって。過不足なくいいヤツなの。そう、過不足なく……」

のろけているのか思えば、ふぇーんと泣き出す。ビールが出ているとはいえ、そんなもので酔うひとでもなかったはずだ。

「いいヤツなのよ。いいヤツなんだけどさぁ、ちょろいのよ。あたし年上だし、あんな子落とすのワケないの。別に誘惑したのあたしじゃないよ。あっちからよ。でも、にっこり笑ってやっただけで嬉しそうに尻尾《しっぽ》振ってきて、いや、そこが可愛いんだけど、だけど、だけどさぁ、これって恋愛なのかな！」

それなら、翠にもわかる。一度でよいから燃えるような恋というものをしてみたかった。

「親の反対押し切って畳職人と駆け落ちするとか、北の果てまで好きなひと追いかけてって思いをとげるとか、大学入試わやにしてもうっとり恋人だけ見つめてるとか……、羨ましい」

久美は目尻を拭きながら、くすりと笑う。

「何なの、その妙に具体的な例は」

翠の身近にあった恋愛譚《たん》だ。老いも若きもいつかは後先顧みぬ恋をして、一生の伴侶《はんりょ》を定めるのではないだろうか。そうあるべきではないだろうか。

「そやけど、うちはこんな器量やし、好きや言うてもろたん哲ちゃん以外にはほとんどおれへん。まともな恋愛したこともない。こんなんで、なし崩しに結婚したら後悔しいひんやろか」

久美は金網の小杓子《こしゃくし》に豆腐を掬《すく》う。

「ミロリンさぁ……」

豆腐を自分の碗《わん》に落とした。

「恋愛は本気でしたら辛くて苦しいよ。何度も泣くよ。涙でぐしょぐしょになって、それってちっとも綺麗じゃない。自分が大嫌いになったりする。世界でひとりぼっちみたいな気分になるし。あたしはもう嫌だ。あんな思いはこりごり。もっと穏やかで温かくて自分を好きになれる暮らしがしたくて、彼と結婚することにしたんだ。はは、今、思い出した」

そう言って柔らかな豆腐を器用に口に入れる。

「それにさ、たくさんのひとから好きって言われたら幸せかって、そうでもないかもよ。あたし、男の子にモテモテの子たくさん知ってる。綺麗な先輩もいっぱいいる。でもね、なーんか失敗してるひと多いのよね。どっちかっていうと、このひとは結婚無理だろうなぁって思うくらい、モサッとした子のほうがさ、もう奇跡的にこの世にあなたに合うのはこのひとしかいませんよねって誰もが納得するような相手をちゃんと見つけて結ばれたりしてて。で、ホント幸せそうなの。そんなの見るたびに思うんだ。大勢からプロポーズされたって何の意味もない。たったひとりのひとを見失わないのが、そのひとからだけ見つけてもらえるのが、ほんとにモテるってことなのかもって」

翠は哲哉の顔を思い浮かべた。好きだ好きだと言われ続けていたときに、なぜ自分はあんなにすげない態度をとっていたのだろう。いくらお調子者でも傷つくことはあったかもしれない。だから、もう何も言わなくなったのだろうか。

「あ、そうだ。最初に言おうと思ったのに、頭悪いからすぐ忘れちゃう。大事なことだ。ミロリンは自分で思ってるほど不器量じゃないから。そんなに白くて綺麗な肌して何言ってんのよって感じ。あのね、若いうちは目が大きいとか鼻が高いとかいろいろ言うけど、年とったらそんなの関係ないから。とにかく肌の綺麗なひとが美人だから。それと髪ね。あたしなんて、若い頃さんざん日焼けして今、後悔の真っ直中だから。それに比べたらミロリンはとっても綺麗。美容部員のあたしが言うんだから間違いない」

「えぇー、そんなん言われたん初めてやー。どう返事したらええかわからへん」

「これから言われるようになるから慣れとくといいよ。ありがとうって言えばいいんだよ。ミロリンの〈ありがとう〉って、京都っぽくてあたし好きだよ」

「ありがとう」

久美はニカッと笑い、残っていた最後の豆腐に手を伸ばす。もうだいぶ日は傾いているのに、ときおり鍋の中の湯に木漏れ日が当たりチカチカと瞬く。

「ほんなら、うちもひとつだけ言うてええ？」

翠はビールのグラスを両手で包み、ゆっくり身体を左右に揺らす。

「クーミンは、自分で言うほど頭悪うないよ。むしろ賢い。うち、あの頃からずっとそう思てた。幸せになってな」

久美は肩をすくめて、ありがとうと答えた。翠の真似をしてみたけれども、少し語尾が上がっただけだった。

その後は追加で頼んだ鮎《あゆ》をつつきながら、ドレス選びの話やお姑《しゅうとめ》さんになるひとの笑い話や結婚式に選りすぐったBGMの話などをしていた。電車とバスを乗り継いでのんびり翠の家へ帰り、翌日葵祭の行列を見て、久美は東京へ帰って行った。

＊

「そしたら機嫌よう帰らはったんやな。よかったたな」

ハンドルを右に切りながら哲哉はいう。

「そやけど、あんなに険しい道やったらひとこと言うてくれたらよかったのにぃてこぼしてはった。哲ちゃん、歩いたことあんのん？」

「あるでぇ。高校生のとき、何や知らん遠足みたいなんあってな」

「高校生やったら体力あるやん。うちら、か弱い乙女やん」

「乙女て……」

翠は助手席から哲哉の肩をぶった。

「けどな、その乙女らにも最近人気や聞いたしな、止めへんかったんや。京都最強のパワースポットなんやろ」

「魔王殿ゆうのんがあった」

「それや。どっかに書いてなかったか。あの魔王はんゆうのんは、六百五十万年前に金星からやって来はったんや。それが鞍馬山やったゆう話や」

それは気づかなかった。何か奇妙な格好で空を仰いだり地に蹲ったりしているひとが、そういえばいた。

「六百五十年前？　金星……」

「ちゃうて。六百五十年前やったら鎌倉か室町かみたいなときや。そやない、六百五十万年前や」

「それて、いつ？」

「知らんわ。まだ人間が猿やった頃ちゃうか」

話が途方もなさすぎて翠にはイメージできなかった。そうでなくとも三身一体とか曼荼羅とか何のことやらというふうなのだ。

「宇宙の波動とか感じひんかった？　ビンビン来るぅ言うてた友達、高校のとき何人かいてたけどな」

「うち、そんな能力ないし」

「そやろか。翠ちゃん、そういう感性、ある思うで。あ、ここや。久美ちゃんにはすまんことやったな」

久美は来月結婚するが、翠は披露宴に出席できない。ちょうど同じ日に哲哉の兄の結婚式が京都であり、翠はオルガン演奏を引き受けていたからだ。キャンセルしようかと哲哉は言ってくれたけれど、だいぶ前からの約束なのでそれはできないと思った。式場のオルガニストはこれから増やしていきたいと翠が願っている仕事で、むしろ哲哉が兄に頼み込んでくれたようなところもある。教会専属のオルガニストがいるのにあえて翠を指名してもらった。だから失敗はできない。下見しておきたいと言ったら哲哉が連れて来てくれた北山の教会である。

「京都で結婚すんのに教会てなぁ。打掛《うちかけ》も着んとドレスにモーニングやて」

哲哉は口から先に生まれてきたと呆れられるほどお喋りで、見た目はお調子者だが、大学に入った頃、翠の祖母のところへ茶の湯の稽古に通い始め、今では奥伝《おくでん》の免状も持ついっぱしの茶人だ。子どもの頃から遊び半分で続けている翠などはとうの昔に追い越されている。

「紋付袴がいっちかっこええ思うけどなぁ。あない短足やのに大丈夫やろか。嫁さんも、なんで金襴緞子《きんらんどんす》の帯締めたい思わはらへんのやろ。ええ呉服屋さんも職人さんも揃《そろ》てんのにもったいない」

「そやし余計着られへんのかもて、お母ちゃん言うてはった」

京都には着物に携わる家が多い。知り合いに何軒もいたら、どこで手配するのか悩むところだ。また目利きもやたらと多い。安手の打掛など着ていればすぐに見破られる。その目が怖ろしくてドレスに逃げる気持ちもわかると。

「音、出してみてもええ？」

礼拝堂に置かれているのは黒光りするリードオルガンだった。エレクトーンばかり弾いている翠には馴染みの薄いものだ。

「ええんちゃう。イケそうか」

「ふん。ちょっと感じみるだけや。まだ何の曲か詳しく聞いてへんし。そや、久美ちゃんの新婦入場は〈アベ・マリア〉やて」

と言って、さわりの部分を弾いてみる。柔らかな音が堂内に響き渡った。披露宴での演奏は少し経験があるものの、式のほうは初めてなので、入念に準備せねばと思っている。

「ええお式にせんと」

「せやな。ぼくらのもな」

翠は、えっと顔を上げた。

「うちら、結婚すんのん？」

「せえへんの？」

しかし、ここ数年、哲哉は結婚についてひとことも触れなかった。その話題だけ避けているかのようにも見えた。

「翠ちゃんがおとなになんの待っててん」

「とっくにおとなやん」

「ちゃうちゃう。翠ちゃんはいくつになってもおぼこすぎる。ぼくの魅力に気づかんうちは子どもや」

気づいてるわ、と思いはしたけれども声には出さなかった。哲哉は信徒席に腰掛けて両手で頬杖をついている。真正面に十字架を見ながら不謹慎な態度だ。

「心変わりしたんか思た。嫌いになったんちゃうん？」

周囲には誰もいないのに翠は小声になり、オルガンを離れて哲哉のそばに座る。手は膝の上だ。その顔があまりに真剣なので、哲哉は頬杖を外して身を引いた。

「ならへんよ、なんで？」

「うち、わからへん。哲ちゃんの好きゆうのんは冗談にしか聞こえへん。ほんまやったん？　なんで？　いつから？」

正直、幼い頃の翠には、年上の哲哉にいじめられた記憶こそあれ、ロマンチックな思い出などない。それが祖母のところへ通ってくるようになって急にまとわりつかれるようになり、迷惑に感じたことさえある。

「翠ちゃんなぁ、さっき言うてたなぁ。こう、見えへんもん感じる能力はないて。ぼく、そやないと思う。覚えてへんかなぁ。小っさい頃や、僕が小学五年生か六年生かやし、翠ちゃんは二年生か三年生や。祇園さんの宵山《よいやま》で泣いたことあったやろ。あばれ観音、おっちゃんと一緒に見てたな。観音さんが可哀想《かわいそう》や言うたんや」

翠自身は覚えていないのだが、祖母に聞かされたことはある。酔った父親が幼い翠を夜中に連れ出してあばれ観音を見に行った。〈あばれ観音〉というのは、祇園祭の宵山に、〈南観音山〉のご神体を神輿にくくりつけて乱暴に揺すり歩く奇妙な行事だ。この観音様は恋する女神で、巡行中に北観音山の男神を求めて暴れる。それは困るので、前夜暴れさせて当日はおとなしくしてもらうのだと一般には言われているがほんとうの由来はわからない。とにかく幼い翠は、荒々しく揺られている観音様が可哀想だと言って泣いたらしい。

「布でぐるぐる巻きにされてミイラみたいな観音さんが怖かったんやろておとなたちは言うてはったけど、ぼくははっきり聞いたしな。あんとき、翠ちゃんは観音さんと何かつながってたんちゃうかな。そんな気ぃして不思議やった」

翠は首を傾げるほかない。泣いたことも覚えていないのだから理由などなおさらわからない。今見れば、やはりそれはただ怖かったのでないかと思う。

「まあそれはどうでもええねんけどな、翠ちゃんが泣いてんの初めて見て、ぼく、何や不思議やってんな。この子、こんなんで泣くんやなぁ。どうしたら笑うんやろ。どうしたら怒るんやろて、かもてたら面白なってなぁ。いろいろ実験して研究してん」

「うちはモルモットやない！」

「そうかぁ。モルモット可愛いけどなぁ。まあ、ぼくの心は〈翠ちゃん観察日記〉みたいなもんや。かれこれ二十年近く書き続けとる。これは〈愛〉やろ」

「納得いかへん。それやったら別のひとでもええやん。たまたまうちやっただけやん。なんで、うちなん？　観察してはったらわかるやろ、特に綺麗でもないし、素直でもない。ときどき自分でもぞっとするほど嫌な子になる」

「そうかもしれへん」

と哲哉が言ったので翠は持っていたバッグでまたその肩をぶった。

「そうかもしれへんけど、そんなん自分で言わはるほど謙虚なとこあるし、ほんまは優しい。ほんでな、何よりきちんとした娘《こ》ぉや。おっちゃんおばちゃんが愛情かけて育てて、お祖母《ばあ》ちゃん先生《せんせ》が磨き上げた珠みたいな娘さんや。そない卑下することないやん。お行儀ようもできるし、料理かて上手やし、その上オルガンも弾けて、どこ出しても恥ずかしないでけたお嬢さんやて、うちの親も言うてはる。誰があのお祖母ちゃん先生の孫にケチつけるかいな。もっと堂々としときいや。ぼくの自慢のお嫁さんなんやし」

「……いつ決まったん」

「何？」

「哲ちゃんのお嫁さんになるて、いつ決まったん。そんなこと一度も話し合《お》うてないやろ」

「なんやさっきから話が堂々巡りしてる気ぃすんのやけど、したら結婚せえへんの？」

「するもしないも、哲ちゃん、一回もうちにプロポーズしてくれてへんやろ」

「百回くらいしてるで。もう翠ちゃんごちゃごちゃ言うてめんどくさいし、どっちゃにしても兄ちゃんに先に身ぃ固めてもらわなあかんし、思てたけど」

「めんどくさい!?」

「せや、もう決まってることごちゃごちゃ言いなや」

翠はむかむかと腹が立ってバッグを何度も振り上げた。

「痛いわ。何、怒ってんねん。そんなに嫌なんか。ぼくと結婚すんの」

「嫌やないわ！」

「い……嫌やないんか」

拍子抜けした哲哉が念を押す。

「したら、結婚すんねんな。いや、してくれはんのやな」

まだムッとした顔をしながら翠は頷き、哲哉はどっと脱力して背もたれに身を預けた。

「よかったぁ。どないなるか思た。まだまだ観察足らへん。翠ちゃんの心は予測不能や」

まったくだ、どうしていつもいつも自分をこんなにいらいらさせるのだろうと翠は思いながら、それでも先ほどから胸がトクトクと音立てているのを認めないわけにはいかなかった。このひとが好きなのだと思う。

「気ぃ変わったらあかんし、ここで神様に誓《ちこ》うてや」

翠の両手を取って左右握りあわせると台に肘をつかせた。自分も同じように手を組み十字架に向かって頭を垂れる。翠はそんな哲哉と十字架を交互に眺めている。たった今自分の手を包んだ哲哉のぬくもりを感じている。幸せになれそうな気がした。

「けど、哲ちゃん、ほんまにお婿に来はんのん？」

哲哉は、せやった、それがあったと大袈裟《おおげさ》に額を打つ。

「高田の姓になってもぼくはかめへんよ。そやけどな、婿入りとか嫁入りとかは、ほんま言うたら幻想やで。今の日本の法律では結婚したからゆうて、どっちかの家に入ることはないねん。翠ちゃんもぼくも親の戸籍を抜けてくるんや。そして二人だけの新しい家ゆうか戸籍を作んねん。でな、新しい家には新しい看板が必要やろ。新しい苗字をつけんねん。これがな、スミスさんやクーデンホーフさんではあかん。翠ちゃんかぼくか今持ってる姓のどっちかからしか選べへん。これをどっちにするかゆうだけのことや。〈坊城〉を使うことにしたらぼくが戸籍の筆頭者や。〈高田〉を使《つこ》たら翠ちゃんが筆頭者や。どっちにしたかて、高田のおっちゃんおばちゃんはぼくの義理の父母になるしお祖母ちゃんかてそうや。ふたりでお世話せなあかんし、お墓かてきっちり守らしてもらう。まあ、店のことはな、相談やな。ぼくは職人になれへんけど、どうしても店を残したかったらなんぼでも方法は考える。それで、ええか?」

哲哉は、ぐっと翠の顔を覗き込んだ。

「ありがとう」

淀みない言葉に頼もしさを感じ、翠は思わずそう答え、哲哉は破顔する。

「翠ちゃんのええとこは、そういう素直なとこや」

「さっきはめんどくさい言うたやん」

「めんどくさいけど素直や」

「わけわからへん」

ぷいと横を向く。

「よっしゃー。兄ちゃんの結婚式はとっとと済まして、次はぼくらのや。キリストさんには悪いけど、純和風でいこな。茶婚式もええなぁ。みんな呼んだろ。貴船さんも悪うないなぁ」

実を言えば翠はこの教会に足を踏み入れたときから、こんな夢のような場所で自分も式を挙げたいという気がしきりにしていたのだけれども、今回ばかりは自分が譲ろうと壁のマリア像に目をやった。

五、今昔嫁姑譚《こんじゃくよめしゅうとばなし》の段

東日本に大きな地震があったのは五年前だ。古い友衛《ともえ》家の母屋は歪んでしまい、これを土台から建て替えるのに三年を要した。設計に時間をかけたこともあるし、人手や資材の不足もあって、着工までにだいぶ間もあいた。三年のうち半分は更地の隣で、半分は次第に形を成してゆく母屋の槌音《つちおと》を聞きながら、残った道場でそれぞれ稽古を続けていた。ようやく完成して二年半が経つ。

耐震が一番だというからちょっとしたビルのようになるのかという公子《きみこ》の予想は外れ、懇意にしている棟梁《とうりょう》が仕上げたのはこざっぱりした数寄屋風の建物だった。飲んだくれだが、いい仕事をする。念願だった中柱《なかばしら》の小間《こま》もできた。

玄関の格子戸を開けると今でもまだぷんと木の香りがする。そこからまっすぐ幅一間の畳廊下が通り、奥のほうで離れの稽古場とつながっている。

「わあ、どこかの家元みたいだね」

完成後初めて足を踏み入れた次男は感嘆の声を上げたが、以前からこの家は一応

〈坂東巴 流《ばんどうともえりゅう》〉の家元なのである。

家族の居住区を二階に移し、三階も足したおかげで、公子にも家元夫人に相応《ふさわ》しい自室ができた。今、そこに畳紙を散乱させ、障子窓から注ぐ光の中、ぼんやりしている。

新しくなった家へ戻ってきたのはずいぶん前なのに、戻れば戻ったですることが多く、自分の荷物の片付けは後回しだった。今も決して手が空いたわけではないが、来週招かれている門人の結婚式に何を着ていこうかと探し始めたら、いずれ整理しようと積まれている畳紙の束が気になったのだ。簞笥《たんす》に入りきらず、この二年半ずっとそこに積まれていた。虫干しもせねばならないと、とりあえずひとつずつ開いて、そのつどこれは娘時代に誂えたものだ、これはお見合いの日に着ていたものだ、などと追憶に浸り、やがて収拾もつかぬままくたびれてしまった。半開きの畳紙一枚一枚の陰からさまざまな色が覗いている。

広げたままにもしておけないがと途方にくれていたところへ折よく嫁の佐保《さほ》がやってくる。何か用事があってやってきたのだろうが、このありさまを見ると、それを呑み込んで、お手伝いしましょうかと言った。

「ああ、ちょうどよかったわ。若い頃の着物が出てきたから、佐保さんにどうかと思って選り分けていたのよ。これなんかどうかしら」

綸子《りんず》の色無地を指し示すと、ありがとうございますと微笑んでから、でもそれは眞《ま》由子《ゆこ》さんのほうが似合うのではと佐保は答える。鴇色《ときいろ》という名がふさわしい若いピンク色だ。十代で友衛家の内弟子に入った佐保だったが、震災の後、長男遊馬《あすま》と結婚してそろそろ三十路《みそじ》になるのかなったのか、年齢を気にしてのことだろう。眞由子というのは次男行馬《いくま》の許嫁《いいなづけ》で、この春に大学を出たばかりだ。

「いいのよ、あの娘《こ》はきっと京都からどっさりいい着物を持ってくるんでしょうから、わたしのものなんか欲しがらないわ」

友衛家よりはるかに大きな茶道流派の家元令嬢なのだ。地味な会社員を父に持つ佐保は俯いたままほのかに笑う。もしかしたら気にしたのかもしれない。この娘もまた京都育ちだ。

「それと、これね、小紋と訪問着。どこかに帯もあるはず。よければ全部洗いに出してあなたの寸法に直しておきますから」

これまでも公子の着物を着せたことは何度かあったが、その度に裄《ゆき》も丈ももう少しあったほうがよいのだろうと感じていた。今どきの子は体格がよい。佐保も初めて会った頃は華奢《きゃしゃ》な印象しかない少女だったのが、友衛家で武道に励み出してから心身ともにしっかりしてきた。

「これ、初めてお茶会でお点前《てまえ》したときに着せてもらいました」

「そうそう、暑い日だったわねぇ」

夏に華展の添え釜《がま》を頼まれたことがあり、佐保にも点前をさせたのだった。薄茜の地に秋草を散らした絽《ろ》小紋だ。

「やっぱりあなたにはこんな色がよく似合うのよ。さっきの色無地もとっておきなさい。お婆《ばあ》さんになっても大丈夫だわ」

そうでしょうかと首をひねって色無地の畳紙をもう一度引き寄せる。

遊馬と佐保は、まだこの母屋の工事が始まる前に式を挙げた。本人たちは家が落ち着いてからでよいと言ったけれども、その頃、家族はそれぞれ別の場所に仮寓《かぐう》していて公子の目も届かなかったから、特に遊馬は誰かにしっかり見張っていてほしかったのだ。彼はそれまでのアルバイトのような生活をやめて新しい仕事に就くところでもあった。

近くの氏神神社で式を挙げて、披露宴には古武道各流派の代表やら警察官やらが参列して物々しい景色だった。遊馬の父秀馬《ほつま》は家元を継ぐ前は警察官であったし、佐保は現職の皇宮《こうぐう》護衛官だ。披露宴の余興は、もっぱら剣舞。式の前に宮司が鏑矢《かぶらや》を放ってくれたのが印象的だった。

家を継ぐまではふたりで好きに暮らせばいいと近くのマンションをあてがったのに、こちらの母屋が完成すると、皆と一緒がよいと戻ってきてしまった。子どもの頃から窮屈で古風な家を嫌い、洋間に憧れ、自由を夢見て家出までした遊馬だったのに、いざ新妻とふたりマンション生活を始めてみるとどうもしっくりこないと感じたらしい。

「わたしも何か落ち着かなくて。地に足がつかないというか、おままごとしてるみたいで」

佐保までそんなことを言い、結局元の木阿弥の三世代同居だ。舅《しゅうと》の風馬《かざま》も何のかんの言ってまだ元気だ。が、このとき大学院に進んだ行馬がこれ幸いと空いたマンションに移って今は悠々ひとり暮らしを満喫している。眞由子もちょくちょく遊びに来ているらしい。

「あ、これ、京都で着てはったのや。遊馬さんの通し矢のときですよね。あのときのお義母《かあ》さん、めっちゃ綺麗で、眞由ちゃんなんか、行《いく》ちゃんのお母さん女優さんみたいぃ言うてました」

よく覚えているものだ。香色《こういろ》の地に更紗《さらさ》紋様をあしらった訪問着は、公子自身好きで当時よく着ていた。

結局、佐保もいちいちそんな具合に思い出を語るので、片付けはあまり捗《はかど》らない。日も傾いてきた初秋のことだ。

「お義母さんも、こんなふうにお姑さんのお着物をいただいたんですか?」

更紗の訪問着を撫でながら佐保が訊き、公子は困ったように宙を見る。姑の着物は、あらかた叔母《おば》や弟子たちが持っていった。

「まあ、わたしには小さかったし」

正直に言えば、さほど欲しい着物はなかったのだ。姑とはだいぶ趣味が違った。

公子が嫁いできたのは女子大を卒業して間もなくのことで同級生の中では一番早かった。在学中に縁談があり、親は数年花嫁修業などさせてからと言ったけれども、姑になる菊路《きくじ》が、修業したければうちですればよい、掃除も料理も茶の湯の内だ、来る気があるなら四の五の言わずにさっさと来たがいいでしょうと言い、公子自身も友人たちの中で花嫁一番乗りは悪くない気がした。それでも卒業後数ヵ月何やかや準備する間に料理教室くらいは通い、年末に式を挙げた。

パリのシャンゼリゼでクリスマスを迎えるのが公子の夢で、新婚旅行の相談になったとき、おずおずとそう言ってはみたのだが、夫となる秀馬は腕組みをしてうーんと唸り、それは銀婚式くらいにしませんかと答えた。結局行き先は沖縄になり、海外でないのは少し寂しかったが、琉球《りゅうきゅう》古武術の道場を訪ねる夫の背中はたのもしくも見えたから、それはそれで正解だったのかもしれない。友衛家は茶の湯と古武術を伝える家だ。

「そしたら、銀婚式はパリに?」

「行ってないわよ、今の今まで忘れてたもの」

近くにあった綴《つづれ》の帯を膝の上にぱんとのせる。

結婚記念日は、年末の慌ただしさの中で当人たちさえ忘れてしまうのが毎年のことだ。そういえば銀婚式は何年前だったのだろう。

「パリのクリスマスでないなら、何も年末でなくてもよかったのよね。新婚旅行だって、帰ってくるなり怒濤《どとう》のお正月準備で余韻《よいん》も何もなかったし。なんだってあんな時期にしたのかしら」

年始廻《まわ》りと嫁の紹介が一度に済んで手間が省けると菊路が笑っていたことだけ覚えている。

「無駄の嫌いなひとだったから。まどろこしいのは大嫌い、そしてとにかく早起き。あれには泣かされたわ」

旅行から戻った日は疲れただろうから早く寝《やす》めと言われたものの、初めて婚家で過ごす夜に緊張して明け方まで寝られず、当然のように翌朝は寝坊した。身支度を整えた頃には家中の掃除も洗濯も済んで朝餉《あさげ》の支度が整っていた。すみませんと小さくなって謝って、翌朝は早起きしたつもりだったのに、前日と大差なく台所でトントンと包丁の音がしていた。どうして起こしてくれないのかと夫にあたり、それが初めての夫婦喧嘩《げんか》だ。翌朝はもっと早い時刻に目覚ましをセットしたけれども、結局、どれほど早起きしてもすでに誰かが起きて湯を沸かしている。そういう家だ。男性たちは道場でひと汗かいていたりもした。

「誰も夜寝ないのかしらと思ったわ。そしてあのお膳でしょ。時代劇みたいな」

友衛家の朝餉は茶室に高脚《たかあし》の膳を並べてとる。当然、和食だ。

「驚くことばかりよ。カンナさんのこともそう」

妹がいるとは聞いていなかったのに、やけに馬鹿丁寧な挨拶をする小娘がいて、あれやこれや世話を焼いてくれた。聞けば、住み込んでいる番頭弥一《やいち》の孫だという。親を亡くしてこの家を頼ってきたのが公子の嫁ぐ少し前だった。

「まだ子どもなのに、弥一さんに躾《しつ》けられているから、何を言われても、はい！　はい！　って模範的なお弟子さんで、キビキビ動くでしょう。お義母さまのお気に入りでね。ちょっと妬《や》けたわ。並んでいるとなんだか自分が木偶坊《でくのぼう》に思えてくるし」

姑の菊路は、言葉は多少荒いがさばさばとしたひとではあった。女性ながら小兵《こひょう》の力士にも似た存在感があり、薙刀《なぎなた》を構えればその気迫で男性をも圧倒した。家事などは何でもちゃっちゃとこなして、その上で夫を助け流派を支えてもいた。具体的に言えば、〈坂東巴流〉の門戸を女性に開くためさまざまな面で尽力した。

だから公子にも厳しかったかと言えば、実はそうでもない。むしろ、自分の元気なうちは用は足りているから無理する必要はないと言った。低血圧を押して早起きするには及ばない。おっとりしたお嬢様なところがあなたの取り柄なのだからと高らかに笑った。

そう言われて、はいそうですかとのんびり寝ていられれば苦労はないが、あいにく公子はそこまでおっとりしているつもりはない。女子大では何でもひとよりできて、どちらかと言えばリーダーになるタイプだった。こんなところで〈使えない嫁〉扱いされるのは耐えがたい。とにかく若かったので、〈できる嫁〉にならねばとしゃにむに頑張って、毎朝、鯵《あじ》や鰯《いわし》を焼いた。

「まぁねぇ、ときどき、パンと珈琲《コーヒー》の朝食を夢に見ることはあったわ。匂いつきの夢」

三十年以上も昔のことだが、その夢は覚えている。実家の朝食がよほど恋しかったらしい。

東京と京都ほどではないにしろ、公子の実家と友衛家では気風がかなり違った。都内でも西と東の違いというのか、山の手と下町、あるいは商家と武家の違いかもしれない。

菊路は気取ったことが嫌いで化粧も滅多にせず、どこへでもすっぴんで出かけた。

嫁の公子が化粧しているのを見ると、ああ、もったいないと眉を八の字にする。化粧代のことではない。まだ若くすべすべした肌を妙なもので塗り隠すのがもったいないと言うのだ。けれど公子のほうは化粧したい盛りだった。

また、菊路の普段着は着物だったのでそれに倣《なら》おうと思っても、木綿《もめん》や紬《つむぎ》ばかり着る姑の前で自分の着物は出しづらかった。親が持たせてくれたのは華やかな色目の柔らかものばかりだ。お茶席ではそれしか着ないと教わってもいた。が、菊路は家の中にいるかぎりは茶室でも堅《かた》ものだった。どうかすると袴もつけず襷掛《たすきが》けだけしてそのまま薙刀を振るったりもした。同じ着物で台所にも道場にも立つのだからこれには驚いた。

「たいていは綿や麻のお着物ね。家でじゃぶじゃぶお洗濯してらした。紬は、結城《ゆうき》や大島《おおしま》。大島といっても、村山《むらやま》大島って、東京で織られていたものが手頃で着やすかったみたい。お呼ばれの茶会用はほんの数枚だったわね。ご自分のことにはほんとに始末屋で。娘時代は派手な銘仙《めいせん》も着てらしたらしいけど、亡くなったあと探しても見あたらなくて。どうやらみんな解《ほど》いてお布団にしたようなの」

結局、公子は何を着るのが嫁としてふさわしいのかわからず、早々に諦《あきら》めて、茶室以外では洋服でいることにした。家元継嗣の嫁としてどうなんだという声もあったが、裸でいるわけじゃなしと、菊路は意に介さなかった。

「気さくな方だったんですね」

「ええ、ええ、そうね。気さくすぎるくらいだったかも」

公子には姑に対してひとつ屈託がある。

「お義母さまは、最初わたしのことを公ちゃんって呼んでくれたのよね。親しみを込めてでしょうけど、どうにもわたしは馴染めなくて。お互いにまだよく知りもしないのに、いきなり公ちゃん」

実家では親からもさん付けで呼ばれていた。郷に入れば郷に従えと諭されていたから、嫌だと言ったことはない。言いはしないが、多分そう呼ばれるたびにむずかるような態度を示したのだろう、いつしか菊路は「公子さん」と呼ぶようになった。そのときから互いの間に距離はできた気がする。ほんの一メートルくらいのものだが、最後まで消えなかった。公子が作ってしまった距離だ。

佐保は相槌の打ち方がわからないようで、膝の上の畳紙をただ見つめている。

「あなたはどう？　佐保ちゃんのほうがよかった？」

「いえ、わたしは内弟子からだったので、そんなふうに呼ばれたらきっと甘えが出てしまったと思います。あ、えーと、充分甘えてましたけれども」

そんなことはない。二十歳になるやならずで内弟子となり、大学へもここから通った佐保は、生真面目で自分に厳しい娘だった。常に遠慮がちなところは、こちらが歯《は》痒《がゆ》くなるほどで、甘えさせようとしても命令口調で言ってやらねばお願いしますと言ってこない。ひとり黙々と稽古するひたむきさには幾度となく心打たれることがあった。

「きちんと三道《さんとう》のお稽古をして、その上、立派なお仕事もして、偉いわ」

そんな、そんな、と首を横に振りながら、佐保は少し遠くにあった紅型《びんがた》の帯に手を伸ばす。

〈坂東巴流〉の茶の湯と古武術とは、わかりやすく言えば武家茶道、弓道、剣道の三道だ。とはいえその全てを修めるのは容易なことではない。公子自身、当代家元夫人でありながら武道のほうはさっぱりで、そのことを親戚筋から責められることもあった。

「わたしもね、基本くらいは教わったのよ」

新婚時代、夫から手取り足取り指導されたのはくすぐったいような思い出だ。もともと〈坂東巴流〉は女性の弟子を取らなかった。嫁に来るにあたっても茶道はともかく武道をたしなめというような話はなかった。ただ、これからは女子にも門戸を開こうと姑たちが奮闘している最中にあって、我関せずと茶ばかり点てているのはいささか気がひけもした。それで、わたしにもできますかと訊いたら、夫は笑って少し指南してくれたのだ。

「でも、倒れてしまって」

「いきなりそんな厳しいお稽古を？」

公子は恥ずかしそうに首を傾げる。竹刀《しない》の握り方を教わって、数度振ってみたくらいのことだ。しかしその頃、家事のこと流儀のこと、親戚付き合いや近所付き合いなどなど知るべきことが山ほどあり、早朝から深夜まで気を張っていた上に、お嬢様育ちの役立たずと思われたくないばかりに姑やカンナと競うように働いて心身ともに困憊《こんぱい》していた。

「度を超していたみたいね。お義母さまにも呆れられてしまって。誰も倒れるまで働けとは言ってないだろう、外聞が悪いって」

そのとき菊路は少し考え、公子に経理関係を任せてみることにした。頼みもしないのに無理に早起きをして、頼みもしないのに危なかしく竹刀を振る。心意気は買うがそんな無駄な努力で倒れられては迷惑だ。何か別の仕事を与えておけば、頭がそちらに向くだろう。ちょうど友衛家の者はみな金勘定が苦手だった。

「実家の父が銀行員でしょ。その娘なら得意だろうというわけよ。わたしだってどちらかといえば文系で、計算が得意なわけではなかったのだけど」

それでも家の財布を預けるというのは信頼の証《あかし》だから、お任せくださいと公子は胸を叩いてみせた。

「なのにねぇ、これも大失敗。粉飾決算がバレてしまって」

佐保が帯を畳む手を止めて、え？　と顔を上げる。

さほど裕福でないということは、婚約前からさんざん聞かされていたけれども、家計を預かってみてなるほどと思った。出て行くものが多い割には収入が少ない。油断するとすぐに赤字になる。赤字はよくないと思ったので、そのつど自分の貯金で補った。足りなかったらあるところから持ってくればいい。きっとそのために自分が担当になったのだとさえ思っていた。

やけに贅沢な食事が続き、誰かが「破産しないか」と冗談を言った翌日、菊路は家計簿を見てそのことに気がついた。

「馬鹿か、あんたは！　って怒られたの。みくびってもらっちゃ困る、うちは嫁の財産なんか当てにしてやしない、頼んだのはやりくりだって。落ち込んだわぁ」

あんた呼ばわりされたのもショックだったし、貯金を差し出したのに叱られては割に合わないと悔しかったのは事実だが、今こうして話していると自分の愚かさが笑い話のようだ。

「これだからお嬢様は、ってため息をつかれてしまって……」

しかしその一方で、簡潔にまとめられた家計簿には感心された。わかればいい、今度からどうしても足りないときはわたしに言っとくれと納めたあとで、新たに頼みがあると古い門人の名簿が手渡された。手書きの古い名簿は消されたり修正されたり判読も難しくなっており、どこにどんな門人がいるのかわからないありさまだった。これを整理してくれと言うのだ。

「お義母さまはお茶のお点前も女性用に改めて、少しずつ女性のお弟子さんを増やしたいと考えてらしたから、古い方々にその旨ご案内状を出したりね。ついでに門人会の組織もきちんとして」

門人組織〈三道会《さんとうかい》〉の代表は菊路だったが、実務はみな公子が受け持つようになった。そうして段々に公子の居場所ができた。菊路について流儀の茶を習い、ともに女性の門人を集める努力をし、そうこうするうちに遊馬が生まれた。とにもかくにも男の子を産んだというので誉められて、育児に奮闘する姿に誰も非難がましいことは言わなくなった。お嬢様扱いされていたのが、晴れて若奥様になったというところだ。

公子は話しながら立ち上がって、来週着ようと決めた着物や帯を衣桁《いこう》に掛けている。

「お幾つのときですか？」

「遊馬を産んだのが？　二十四だったかしら」

「ですよね……」

「この帯もいいでしょう。小石丸《こいしまる》よ」

〈小石丸〉とは、皇后陛下が育てていることでも有名な日本原産の蚕《かいこ》だ。その糸だけを使って織られた帯が白く柔らかな光沢を放っている。

「素敵です」

と言うわりには声が沈んでいて何か気になる。

「どうかした？」

そういえば昨日、演武会の相談だと赤羽《あかばね》の叔母が訪ねてきていた。公子が若かった頃、何かと意見してきた親戚とはこのひとだ。

「もしかして、子どものこと？」

表情からするに図星らしい。公子も昨日、孫はまだかと訊かれてムッとしたところだ。

「気にすることないわよ。結婚してまだ三年でしょ」

言いながら帯揚げと帯締めを帯にあてがってみる。

「五年目です」

「あら」

「そろそろできないといけないって……。うちの親にもよく言われるんです。早く孫の顔が見たいとか。お義母さんもきっとそうですよね？」

「そ、そうねぇ」

公子はぼかしの帯揚げと唐組《からぐみ》の帯締めを握ったまま、佐保のそばに膝をつく。

「もし育児のお手伝いにアテにされてるなら、それはまだ体力のあるうちにお願いしたいとは思うけど。年とって子どもの相手はきつそうだもの。でもまだ大丈夫よ、きっと。わたしもまだ若いし、あなただってまだまだ」

「もう三十です。お義母さんが三十歳のとき、遊馬さんはもう小学生だったんですよね」

「結婚したのが早かったからよ。お友達にはもっと遅くにやっと授かったというひともいるし、子どもがいないひともいるわ。いろいろよ」

「でも、この家には跡継ぎが必要ですよね」

と思いつめた様子なので公子は驚いた。まだそんなことを悩む齢《とし》ではないだろうに、佐保は嫁の責務を果たせなかったらと不安がっている。

似たような悩みを耳にしたことはある。子どもがなかなかできないとか、親に責められて辛いとか、嘆く友人は身近にもいた。けれど公子自身は早くに長男を得ていたので、本当には彼女らの苦をわかっていなかった気もする。今だって、昨日叔母に言われてムッとしたのでなかったら「そろそろね」くらいは悪気なく口にしてしまったかもしれない。叔母に感謝したいくらいだ。

「佐保さん」

公子はあらためて座り直すと、帯揚げも帯締めもとりあえず脇へ置いて、膝の上に両手を重ねる。

「もちろん孫ができたらわたしも嬉しいわよ。カンナさんの子どもでさえあんなにかわいいのだから、遊馬と佐保さんの子どもだったらどれほどかと思うわ。でも、それがずっと先でも問題はないし、ひょっとしてできなかったとしても、それはそれよ。みくびらないでね。孫を産んでもらうためにあなたをお嫁さんに望んだわけじゃないの。遊馬の人生にはあなたが必要だと思うからなのよ。優しくてしっかりしていて可愛らしい。もう充分にいいお嫁さんですよ」

何より感心するのは、遊馬を想ってくれるその一途さだ。遊馬の嫁佐保も、行馬の許嫁眞由子も、おとながたじろぐほど一途に彼らを慕ってくれる。母から見れば危なかしく時にはどうしようもない息子たちだが、そんな彼らを誰より大事と思ってくれるなら、親としてはそれ以上何も言うことはない。

「遊馬に訊いてご覧なさいよ。男の子ができたら、ああ、よかった、跡継ぎにしようと単純に思うのかしら。自分があれだけごねたんですからね。跡継ぎについては誰より深く考えているはずでしょ」

佐保ははっとしたように顔を上げる。たしかに遊馬は、長男だから跡を継げと言われると反発し、家を出て、京都くんだりをさまよっていた。佐保が出会ったのはそんな彼だったのだ。

「馬鹿ねぇ、焦りすぎだわよ」

そのとき、ふと公子は思った。自分が嫁いできたばかりの頃、眠ければ寝ていろと言った菊路の言葉はつっけんどんではあったけれど、突き放した言い方ではなかった。焦って無理をする嫁を思いやってくれただけと今ならばわかる。お嬢様扱いされたのも冗談や皮肉ではなく、自分にはない性質と尊んでくれたのかもしれない。肩肘張らず、もっとぼんやりしていてもよかったのだ。自分では決して口ごたえしない素直な嫁でいたつもりでも、公子の中にどこか尖《とが》ったところがあって、菊路はそれを扱いかねていた。気さくに振る舞いながらも、幼いカンナに対するのとは違って嫁にはわずかに遠慮があった。公子の側にもあった。あってしかるべき間合いに思えたから、あえて距離を詰めようとはしなかったけれど、しかし不思議なことに、今思い出して一番愉快な記憶は、「馬鹿か、あんたは！」と一喝されたその一瞬なのだ。とても悔しかったはずなのに、思い出すと嬉しくて笑えてくる。

馴れ合うことなく一歩引いて嫁を見ていた菊路が急に厳しいことを言い始めたのは行馬が一、二歳の頃だった。後から思えば、わが身が癌にむしばまれていると気づいたのがその頃なのだろう。「わたしの元気なうちは」と言っておれなくなった。

志は半ばで女性門人はまだわずかだったから、後を託すように茶事全般を公子に叩き込んだ。

「今から弓や竹刀を握れとは言わない。公子さんは茶の湯の道を一心に極めるんだ。そうしたらいつか、武人と同じ景色が見える。〈坂東巴流〉という山を、どこから登るかということでしかないんだからね。どこから登ってもいつか道は交わり、交わったところは頂上だよ」

そう言ったときにはもう床《とこ》から起き上がれなくなっていた。亡くなったのは還暦を迎えてまもなくだ。

気づいてみれば、公子が若い嫁だったように菊路も若い姑だった。公子がよい嫁になろうと必死だったように、菊路もまたよい姑になろうと手探りしていたはずだ。もう少し時間があったなら、同志として実の母娘《おやこ》以上の仲になれた気もする。

「わたしも一枚くらいもらっておけばよかったかしら。お義母さまの着物」

と、佐保が授業中の小学生のように手を挙げた。

「あ、あります！」

何があるのか訊くと、辻が花があると言う。菊路の知らないところで菊路のために仕立てられた訪問着が、今、近所の呉服屋にあり、今日めでたく自分のものになった。人間国宝の手になるものだ。

「それを、あなたが買ったと言うの？」

「はい、十一年ローンでした」

十一年前と言えば、この家に内弟子に入ってきた頃だろう。まだ学生だったはずだ。

「寸法直しがいりますが、当分わたしは着られそうもないので、ぜひ、お義母さまに着ていただきたいです」

ついては一度一緒にその店に行ってくれないかと、ここへ来たのはその相談だったらしい。

それはもちろん見てみたいものだと思わなくもないが、それよりも、一見控えめなこの嫁が時折見せる大胆さには瞠目《どうもく》すべきものがあると、公子はあらためて佐保の顔をまじまじと見た。

六、今出川家《いまでがわけの》御息女《ごそくじょ》の段

学校で〈希望〉という字を習った。〈キ〉と〈ボウ〉だ。〈ボウ〉のほうの字は〈のぞみ〉とも読みますと泉《いずみ》先生は言った。そのときは〈み〉をつけて〈望み〉と書く。では、ノートに五回ずつ書いてみましょう。

「先生！」

「はい、今出川《いまでがわ》さん、どうしました」

「キの字ものぞみって読みます。〈み〉はつけなくて一文字で」

先生は、あぁと気づいてわたしの胸の名札を見つめる。そしてちょっと困ったように笑う。きっと忘れてたんだ、〈希〉だって〈のぞみ〉と読むこと。

わたしの名前は今出川希、イマデガワノゾミだ。簡単な字だから、幼稚園のときから漢字で書いてる。きっと先生より何回も書いてると思う。でも先生は、わたしの名札から目を外すと、わざとらしくにこっと笑って——そうすると、おとななのにえくぼができる——言った。

「あのね、お名前は特別なの。学校で習う漢字以外にも名前には使ってよい字があるし、読み方も自由でいいの。だから、テストのとき、お名前の欄にはその通りに書いていいのよ。お父さんお母さんが皆さんのことを思ってつけてくれた大切な名前です。でも、あなたののぞみは何ですか、というときの〈のぞみ〉を漢字で書きなさいという問題には、〈望〉の字を書いてね」

え、なんで？　わたしののぞみは〈希〉だよ。そう書いたらダメなの？　先生の説明はそれだけで、何だかごまかされたみたいな気分になった。

「間違ってつけられたんだ、名前」

後ろの席で海斗《かいと》くんがボソッと言った。岩崎《いわさき》海斗。三年生のときも同じクラスだった。アイウエオ順だとたいてい前後ろになっちゃう。授業が終わって先生がいなくなったら、途端に声も大きくなる。

「お前の名前は、のぞみじゃない。キだな。変な名前」

何度も「おい、キ！」「キ、返事をしろ！」「キィッ、キッキ！」と繰り返して、何が嬉しいのかお腹をかかえて笑う。男子ってほんとバカっぽい。あんまりうるさいから蹴《け》りを入れておいた。

海斗くんは反撃しなかった代わりに、帰りの会で先生に言いつけて、おかげでふたりとも放課後職員室に連れていかれた。

最初に叱られたのは海斗くんだ。海斗くんのほうが悪いから当然だ。それから先生は椅子《いす》ごとゆっくり回転してわたしのほうを向き、「気に入らないからと言って誰かを蹴ったりしてはいけません、わかるでしょう？」と言った。「まして女の子が足蹴りなんて……」と、ため息をつく。泉先生のため息は、いかにもおとなの女のひとっぽくてちょっとうっとりする。

「そうだ、そうだ、もっとおとなしくしてろ、このオトコオンナ」

もちろん、そのあと、海斗くんはもういっぺん、今度はこっぴどく叱られて、わたしは涙目の海斗くんと雨上がりの道を一緒に帰る羽目になった。うざすぎる。

だけど、アジサイの綺麗なお屋敷のところまできたら、母さまが手を振っているのが見えた。今日は一緒に道場に行く日なのに、わたしの帰りが遅いから迎えに来たみたいだ。

「じゃあね、バカ海斗」

「覚えてろよ、このキッキキッキー」

駆け出したわたしの後ろで何かほざいていたけど、相手にせずわたしは母さまの袴めがけて飛び込んでいく。道場に行けるのも嬉しいけど、木曜日は母さまとふたりだけなのも最高。母さまはわたしの竹刀や防具袋を下げていたから、もう家へ寄らずそのまま電車に乗って道場に向かった。母さまは道場で子どもクラスの先生をしていて遅れるわけにはいかないのだ。

道場では、わたしもみんなと一緒にお稽古をして、それが終わると、いつもは母さまが自分のお稽古をするのを見ている。でも今日はランドセルを背負ってきたから、待っている間に宿題をしていて、そしたら、みんなからうんと誉められた。だから母さまが連絡帳を見て喧嘩のことを知ったのは、夜、家に帰って、もうわたしが寝た後だったと思う。

朝起きたら、床に正座させられて、これはどういうことですかとお説教された。なぜかわからないけど、うちでは叱られるとき、必ず正座させられる。

「道場の外で剣を振るったら破門だと言いましたよね」

「振ってないもん。蹴っただけだもん」

教室には箒やモップもあるし、今は毎日傘を持っていくし、それで打ち込んでやったら気持ちがいいだろうとはもちろん思った。というか、いつも誘惑に駆られている。でもそんなことをしたら叱られるのはわかってるから、闘うときは足技と決めているのだ。

「テコンドーは習ってないから破門にならないもん」

「屁理屈言うのはやめなさい。暴力はダメです」

ふてくされて「はーい」と言えば、「何ですか、その返事は！」って鬼になる。

「はいっ、もういたしません！」

下手に逆らうと朝ごはん抜きになるから、このへんにしておかないとね。弟がリビングの入り口で、まるで自分が叱られてるみたいに固まってるし。

「よろしい」

ようやく許されてちろっとベロを出したら、弟はくすっと笑った。母さまには見つからなかった。

まだ寝ている父さまが起きてきてもう一回叱られるのは嫌だから、さっさとごはんを食べて学校へ行く。朝から雨が降っていて、お誕生日に買ってもらった傘がさせる。透明のビニール傘にファンシーな町の景色がみっしり描き込まれていて、さしているとよその国にいるみたいだ。

参観日があったのは、次の週。四年生になって初めてだ。

授業参観は五校時なのに、その日はたいていみんな朝からそわそわして落ち着かない。わたしもそうだったけれど、理由はみんなとはちょっと違う。うちの母さまは、いつも袴だからだ。剣道と弓道と武家茶道を教える〈坂東巴流《ばんどうともえりゅう》〉の師範で、袴は似合うしかっこいい。ただ、学校にもその格好で来られると、変な風に目立つ。よそのお母さんたちは、ちょっとおめかししてパンプスなんかを履いてくる。うちの母さまは、お化粧もしないし髪もひっつめたまま、袴に草履だ。

わたしはそういう母さましか知らないからこれが普通に見えるんだけど、そうじゃないんだ、変わってるんだってことは一年生の参観日になんとなく感じた。二年生でもしかしたらと思い、三年生で確信した。だから、今年は絶対お洋服で来てねと一週間も前から頼んでおいたのだ。

なんとなく教室の後ろのほうがざわざわしている。母さまが来たのかな。でも、今日は、紺のブラウスとタイトスカートのはず。あれなら絶対大丈夫……と思って、ちらっと振り返ってみたら、げっ、父さま？

慌てて向き直って、教科書を見つめる。なんで父さま？　そんなの聞いてない。うちの父さまはテレビにも出ててちょっと有名人で、それはいいけど、格好がぶっ飛んでることとでは母さまなんか比べものにならない。千年も前の貴族が着てたみたいな麿《まろ》ルックを平気で着るひとだ。日本の伝統文化を広く世に伝えるためだって言ってるけど、おじゃる丸みたいで笑われてるような気もする。いいのよ、それでも、と言いながら今日も……、あ、違う、今日は普通のお着物に普通の羽織だ、よかった。

じゃなくて！　着物ってだけで目立ってる。というより、父さまってだけで目立ってる。他はみんなお母さんだもん。ああ、やだなぁ、なんでぇって、わたしは教科書に隠れて小さくなってるのに、先生はわざと気をきかせたみたいに、「では、次は今出川さん」って。何？　聞いてなかったからわかんないよ。

きょろきょろしたら隣の沙也《さや》ちゃんが黒板のほうを指さしたから、ああ、そうかと思って立って行った。今日は音読みと訓読みのお勉強で、黒板に漢字や熟語が書いてあって、知ってる読み方を右と左に書いてゆくのだ。音読みなら右、訓読みなら左。沙也ちゃんがさっき、〈事典〉の右側に〈じてん〉と書いた。だからわたしはその〈事〉の左側に〈こと〉って書いた。はいよくできました、と先生が言って、ほっとしたついでに〈つかさ〉ともう一個書いた。〈典〉の左側に。

これは絶対自信があったから、誉められると思って先生の顔を見たら、ああ、なんということでしょう、先生はまた困った顔をしていた。

「それも誰かのお名前なの？」

「弟……です」

「そう、いいお名前ですね。でも、学校では習わない読み方ね。〈典〉の字に訓読みはありません。前にも言いましたが、お名前は特別だから、自由な読み方ができるのね。だから、テストのとき、お名前の欄にはその通りに書いていいのよ。ふりがなもね。お父さんお母さんが皆さんのことを思ってつけてくれた大切な名前です。でも、この字の読み方は、という問題には〈てん〉とだけ書いてね」

またやってしまった。失敗だ。しょんぼり席につこうとしたら、後ろの海斗くんが意地悪そうににんまりしている。

「弟の名前も間違ってるね。キッキの弟はテンだ。テンテンだ。ギャハハハハ」

参観日。教室の後ろにはみんなのお母さんたちが立って見ている。という状況を一瞬忘れるくらいにその思いつきは面白かったらしい。海斗くんはこらえきれずに大きな声で笑い、先生はものすごく困った顔でコラコラと叱り、わたしはまだ突っ立ったまま動けなかった。恐る恐る父さまを見る。わが子の名前を馬鹿にされた親の気持ちはどんなだろう。泣きたくなってくる。

なのに父さまは嬉しそうにニコニコしていて、わたしと目が合うとバチッとウインクしてよこした。状況、わかってないのかな。


「面白かったわぁ、授業参観。この次も絶対、行かな」

父さまは授業参観のあと、夜のお仕事――というのは、学習塾の先生――に行って、わたしがお風呂からあがった頃に帰ってきた。でも、帰ってきて一番にしたのは弟のつーちゃん――断じてテンテンではない――のベッドを覗くことで、学校の話になったのは、母さまからひとしきりつーちゃんの容態を聞いてからだ。今日はつーちゃんが熱を出して、それで母さまは小学校に来られなかった。連絡を受けた父さまが、急いで代わりにやってきたというわけだ。

「だったら、そう言ってよ。なんで急に父さま来るの」

「では、誰も行かないほうがよかったのですか」

「そうかも」

「お仕事中なのに、抜けて行ってくださったのですよ。その言い草は何ですか」

「約束破ったの、母さまだもん。お洋服で来てくれるって」

「それはごめんなさいと言いましたよ。典がお熱だったのです。仕方がないでしょう。お姉さんなのですから、それくらい聞きわけないと」

「なんで、わたしばっかり」

「約束したでしょう」

「……そうだけど」

　というバトルがあったとも知らず、父さまは能天気だ。

「テンテンはよかったわよね。これからうちでもそう呼びましょう」

　嘘でしょと思った。つーちゃんがかわいそうだ。

「今、訊いたら本人も喜んでたわよ。きゃっきゃ言うて」

バカなのか。

「男の子はそういう言葉が好きなのです。テンテンとかチンチンとか。女の子よりずっと子どもなのです」

「父さまも？」

「ときどきそう思うことがあります。典と大差ないと」

母さまは真面目な顔でそう言い、父さまはアホなこと言うたらあきませんと、わたしの頭に大きな手をのせた。

「あなたは、キッキやったかしら。それもかわいらしやないの」

どこがだ。

「わたしは感心したわよ。あの先生、四方八方に気を遣わはって、今日日《きょうび》キラキラネームとか意味不明な名前をつける親も多いけど、全部大切なお名前です、間違いではありません言わはってね。漢字ひとつ教えるのも大変やわ」

だからわたしは訊いた。希の名前は、ほんとうは間違いなの？

「そないなことあらしません。名前としてはむしろ王道ですやろ」

「でも辞書に載ってない」

「あら、そう。でも〈のぞみ〉という意味はあるはずやし、そう読んで悪いことはあらしません。辞書がすべてとはいえへんのよ」

父さまによれば、そもそも漢字は中国のものだ。日本にまだひらがなもカタカナもなかった頃、日本語を書くのに漢字を借りてきた。音だけ借りてきて使ったこともある。〈のぞみ〉と書きたいときは〈能曽美〉と書くとか。

中国語を訳すときには一文字一文字の意味を日本語に置き換えた。〈望〉の字は〈のぞむ〉と読み、〈希〉の字は〈ねがう〉と読まれた。〈望む〉と〈願う〉は似たような意味だ。英語で言えば〈hope〉と〈wish〉のようなもので、どちらも〈のぞむ／のぞみ〉と訳すことができる。訓読みっていうのは漢字の翻訳なんだって。

「そやけどね、テストいうのは、習ったことをどれくらい覚えたかぁゆうことを見るためのもんやしね、何もこの世の真実を問うているわけやないでしょう。四年生なら四年生で教わったことを、はい、覚えましたゆうて答えといたらよろしいのや。教わってへんことはそのテストの出題範囲と違う思てね。算数でも同じ。つるかめ算の問題を中学で習う方程式使《つこ》うて解いても正解にはできひんでしょう」

難しすぎてよくわからないけれど、わたしの名前が間違いでないなら、それはよかった。安心して、おやすみなさいをする。つーちゃんも寝ている子ども部屋に母さまも様子を見についてくる。

「ほんとにテンテンがいいって言ったのかなぁ」

ふたりでつーちゃんの顔を覗き込んでたら、「テンテン……ふにっ」と言って寝返りを打った。母さまとわたしは黙って顔を見合わせて笑う。

つーちゃんは心臓が悪い。大きくなったら手術をすることになっていて、そうしたら治るんだけど、それまではあまり走ったり跳んだりしちゃいけない。なんだかいつもそっと生きている感じ。

つーちゃんが生まれたのは、わたしが四歳のときで、母さまと一緒に病院から帰ってきたときには、もう身体が弱いってわかってた。丸くて小さくて髪の毛もほわっとしか生えてないつーちゃんをちょうど今みたいに覗き込んで、その日わたしたちは誓ったのだ。

「父さまと母さまと希と、三人で絶対守ってあげましょうね」

「うん」とわたしは強く頷いた。剣道を始めたのはその頃だ。か弱いお姫さまを守る騎士の気分だった。つーちゃんはどんどん大きくなるから、わたしも急いで強くならないと守りきれない。

次の日、学校に行くと、やっぱりみんなに父さまのことを訊かれた。沙也ちゃんもテレビで見たことがあると言う。そうなんだね。実を言うと、うちではテレビをほとんど見ない。父さまが出ていると知っていても母さまはテレビをつけない。

「えー、そうなの？」

「うん。父さま、麿な格好してた？」

「してた、してた。希ちゃんのパパって何者って、うちのママが言ってた。オイエモトなの？」

そうなのだ。父さまはテレビタレントみたいに思われがちだけど、塾や大学の先生もしていて、ご本を書くお仕事もあって、でも一番大事にしているのは〈宝華院御《ほうげいんご》流《りゅう》〉という茶道のお家元の役目だったりもして、すごーく説明しにくい。パパは会社員ですってひとことで言える沙也ちゃんが羨ましい。

「じゃあ、希ちゃんもお茶習ってるの？」

「うん、土曜日は父さまのお稽古場に行くよ」

剣道を始めたいと言ったとき、それが父さまの出した条件だった。坂東巴流で剣道を習うのはよい。弓道も中学生になったらやっていい。でも茶道だけは、父さまから宝華院御流を習う。父さまのお茶は公家流なのだ。公家っていうのは昔の貴族のこと。

同じ茶道でも公家流と武家流ではずいぶん違ってて、父さまも母さまも自分の流派が一番だと思っているから、子どもはけっこう苦労する。

父さまと母さまが結婚したとき、周りのひとたちは〈公武合体〉だと言ったそうだ。喧嘩すると〈承久《じょうきゅう》の乱〉。そういう歴史上のできごとがあったのだ。学校ではまだ教わらないから言っちゃいけないのかもしれないけれど。

「トーサマとかカーサマとか、変な呼び方」

と、横から首を突っ込んでくるのはやっぱり海斗くんだ。

「お父さんなのに女みたいだし。髪長くて変なしゃべり方するし」

相手にしたらいけない。父さまの髪が長いのは烏帽子《えぼし》をつけるとき丁髷《ちょんまげ》にして中で留めるためだ。昔の男のひとはみんな髪が長かった。しゃべり方が聞き慣れないのは京ことばだからだ。父さまは京都育ちでおっとりしている。

「お母さんは男みたいだし。武士！」

それは当たっている。母さまは東京育ちでしゃきしゃきしている。子どもの頃から武道一筋で、剣道七段、弓道六段だ。

「だから？」

と、にらみつけてやったところに先生が入ってきて、朝の読書時間になった。みんな好きな本を持ってきて十分間読むのだ。わたしは宮本武蔵《みやもとむさし》の伝記だ。いよいよ巌流島《がんりゅうじま》に向かって船をこいでいくところなのに、後ろからまだ海斗くんがしつこく何か言ってくる。

「キッキはオトコオンナだし、テンテンはオンナオトコだし、一家揃って気持ち悪いの」

わたしは振り向きざま相手に摑みかかった。つーちゃんは病気なのだ。わたしみたいに跳んだり跳ねたりしたいのを必死で我慢してる。剣道だってすっごく羨ましそうに見てる。それを気持ち悪いって何だ、いつどこで見たのか知らないけど、迷惑かけたことなんかないはずだ。

まさか先生の目の前で攻撃されるとは思わなかったらしいバカ海斗はポカンとしていた。そのまま椅子から引きずり出して、蹴りを入れるには周りの机が邪魔だったから、向こうの足に自分の足を引っかけてぐいっとすくったら見事に倒れた。途中、後ろの机にぶつかってゴチンバタンと音がした。それきり動かない。

「あ、血が出てる！」

誰かが叫ぶと先生は真っ青になって海斗くんに駆け寄り、隣のクラスの先生も飛び込んできて、結局、救急車まで呼ばれる騒ぎになった。泣いている子が何人もいるのに、わたしはびっくりしすぎて声が出ない。ただ、息が苦しくて、何度も何度もしゃくりあげていた。

ようやく救急車が来て、泉先生は海斗くんと一緒に行ってしまった。一校時は自習になって、わたしは保健室に連れて行かれた。ほんとうは校長室に呼ばれたところを、保健の先生が念のため怪我がないか見ておきましょうと引き取ってくれたのだ。ちょっと太ったおばさん先生。

教室はあんなに騒がしかったのに、保健室はやけに静かで、いつの間に降り出したのか、サーッと雨の音が聞こえる。保健室の窓から見えるのは、濡れた柳の木だ。

「どこか痛いところは?」

診察椅子に腰掛けたわたしは首を横に振る。怪我はしていない。すると、先生は少し身を乗り出してわたしの胸に拳を当てた。

「痛いでしょう、ここが」

そっか、たしかに。心が、痛い。

「少し寝てなさい。お母さまがみえるまで」

母さまが呼ばれるんだ。さっき「いってきます」したばかりなのに驚くだろうな。海斗くん、死んじゃったらどうしよう。警察も来るのかな。逮捕されたら、もう父さまにも母さまにも会えない。つーちゃんにも。って考えたら、今頃になって涙がだーっと溢れてきた。去年壊れた手洗い場の蛇口みたいに。

保健の先生は、あらあらと言いながらわたしを立たせ、カーテンの向こうのベッドに寝かせてくれる。授業中に服を着たままベッドで寝るって、なんか変。でも、そのうち身体が温まってきて、いつの間にかぐっすり寝ていた。

起こしてくれたのは母さまだった。一瞬、おうちにいるような気がして、あ、みんな夢だったのかもって思った。でも違う。病院みたいなカーテン。パイプのベッド。眠っている間のぬくぬくはすぐに冷めた。

「母さま」

腰にしがみついたら、母さまはかがんでわたしを抱きしめてくれた。

「ごめんなさい」

涙と一緒に言葉が出た。母さまはわたしの肩を押し戻して、まっすぐに見る。

「悪いとわかっているのですね」

「……はい」

「では、謝らねばなりません」

二校時目が終わる頃、病院から泉先生が戻ってきた。

「驚きましたよ。暴力はいけないと言ったばかりなのに、どうして？　何があったの」

あんなこと、母さまの前で言えない。

「ごめんなさい」

それきり黙って俯いていたら、チャイムが鳴った。

「次の授業は出られる？」

「はい」

先生と一緒に教室に戻って、黒板の前からみんなに謝った。

「さっきは乱暴なことをしてごめんなさい。わたしのせいで授業ができなくなって、すみませんでした」

ちゃんと頭を下げて、自分の席に戻るまで、母さまは心配そうに教室の外で見ていた。

「岩崎くんは大丈夫でした」

先生がそう言うと、よかったーという空気が教室に流れた。

「病院で手当ての後は歩いておうちに帰れたので、多分、明日は登校できると思います。今出川さんと岩崎くんは、きちんと仲直りします。皆さんは心配せずにいつもどおり接してあげてね。二度と教室でこんなことが起こらないように、みんなで注意しましょう。では教科書の……」

三校時が終わると、沙也ちゃんが、わたしの肩を撫でながら「大丈夫?」と訊いてくれた。そういえばさっき息が苦しくてしゃくりあげていたとき、誰かが背中をさすってくれていた。あれも沙也ちゃんだったのかもしれない。

沙也ちゃんの後ろのダイヤくんまで「今出川さんは悪くない」と言ってくれたのは驚いた。

「岩崎くんはちょっとひどい。ひとの名前のことああだこうだ言うのもむかつくし、さっきのは絶対あっちが悪い。ぼく、証言してあげるよ」

そういえばダイヤくんの名前は〈宝石〉と書く。それがいやで、いまだに自分の名前をカタカナで書いてる。それでも充分にキラキラしているけど、アニメのキャラクターと一緒だから、それはいいらしい。

わたしが漢字のことでからかわれている間、けっこうびくびくしていたみたいで、ほんとはちょっといい気味だったって小さな声で言う。

「そうそう、わたしも」って沙也ちゃんまで。

「さっきのあれ、何かのワザ？　すごく簡単にひっくりかえっちゃって」

「ワザって別に……」

そんなものではないけれど、言われてみれば小内刈《こうちが》りっぽかったかも。

「やっぱりー！」

道場に子ども好きの変なおじさんがいて、暇そうにしていると体術を教えてくれたりする。アメリカ人だけど日本語ぺらぺらで自分のことを〈拙者《せっしゃ》〉なんて言うおかしなひとだ。


家に帰ると、母さまはクッキーの包みを用意して待っていた。もちろんわたしの分じゃない。海斗くんに持っていくお詫《わ》びの品だ。つーちゃんをお隣に預けて、わたしとふたりで出かける。今日はふたりきりでも全然嬉しくない。お気に入りの傘をさしても気分は上がらない。

海斗くんの家は、歩いて十分くらいのところにある古いマンションだ。一階のエントランスの脇に綺麗な薔薇がたくさん咲いていた。

三階に〈岩崎〉の表札を見つけてチャイムを押すと、疲れた感じのお母さんがドアを開けてくれた。

うちの母さまが、このたびは娘がなんとかと謝っているのを、ぼーっと不思議そうに眺めているのは、疲れているせいだけじゃなくて、きっと母さまの格好のせいだ。お洋服のほうがいいって言ってあげる余裕がわたしにもなかった。

「あなたもきちんとお詫びしなさい」

母さまの後ろに隠れていたわたしが押し出されると、海斗くんのお母さんはやっと目覚めたみたいにわたしを見た。

「こんなに小さなお嬢さんにうちの海斗は負けたんですか」

たしかにわたしは小柄なほうだけど。

「すみませんっ。日頃武道をたしなませているものですから。ほら、お詫びしなさい。海斗くんが救急車で運ばれて、お母様がどれくらいご心配だったか、あなたにわかりますか」

保健室で母さまに抱きしめられたときのことを思い出して、じわっとした。海斗くんのお母さんも何か思い出したように目を潤《うる》ませている。

「海斗くんにケガさせてごめんなさい」

目をごしごしこしながら頭を下げたら、海斗くんのお母さんは、わかりましたと許してくれた。

「海斗、海斗」と奥に向かって声をかける。すぐそこで聞いていたらしい海斗くんが玄関に出てきた。あたまに白いネットをかぶっている。一針縫ったらしい。わたしの顔を見ると、ぷいっと顔をそむけた。ふんっと思ったけど、それでも、わたしが謝らないといけないのだ。と思って息を吸ったら、海斗くんのお母さんが、ちょっと待ってと止めた。

「先にうちの子から謝らせます」

母さまとわたしは目を見合わせた。

「ずいぶん失礼なことをうちの子が言ったそうです」

海斗くんのお母さんは、何が原因でこんなことになったのか、全部聞き出していた。父さまを女みたいと言ったことも、母さまを男みたいと言ったことも、わたしのことも……。

「オトコオンナ……」

母さまはショックを受けている。

「主人がこの子にいつも男らしくしろとうるさく言うせいかもしれません」

海斗くんのお父さんは警察官で、男は強く、女は優しくがモットーなのだそうだ。

「男は女を守るものだ。女性に手を上げたりする男は最低だって、近頃そういう事件が多いからなんですけど、そのたびに息子に言いきかせていて。ですから、不思議だったんですよ。喧嘩の相手が女の子だったと聞いて」

たしかに海斗くんは絶対わたしに手を上げない。その代わり嫌みを言ったり、先生に告げ口したりするのだ。

「申し訳ありませんでした。言葉も暴力なのだと叱っておきましたので」

「い、いえ、こちらこそ。わたくしもこんななりをしているものですから、よく娘から怖いと言われますし……夫は夫で、アレですし……」

結局、海斗くんが先に謝って、わたしが次に謝って、お互いにもう嫌みは言わない、蹴ったり倒したりしないと約束した。

海斗くんのお母さんは、参観日のことも謝ってくれた。お母さん自身はあの日学校には来られなかったそうだ。介護のお仕事をしていて、どうしてもお休みできなかった。

「それでこの子の祖母が代わりに行ったんですけど、恥ずかしくなって途中で帰ってきてしまったと言ってました。ほんとうにまったく……」

きょとんとしている母さまに「テンテン」とだけわたしは言った。

「立派なお母さまでした。実にご立派な」

帰り道、母さまは何度もそう言った。

「そしてあなたも。家族の名誉のために闘ったのですね」

びっくりして母さまを見上げた。もしかして誉められてる?

「争いごとはよくないことですが、それでもひとには闘わなければならないときもあります。命がかかっているときと名誉がかかっているときです。命がかかっているときには手段を選ばず、どんなずるいことをしてでも勝って生き残らなければなりません」

ずるいことしてもいいのか。

「あなたのような子どもの命がかかるというのは、よくよくのことですからね。あってはならないことですが、万一そんな事態に陥ったときには、使えるものは何でも使わねばなりません」

立ち止まる母さまの後ろにはオレンジ色の花がたくさん咲いていて、上から覆い被さってくるようだった。たしかノウゼンカズラという花だ。

「しかし、名誉がかかっている闘いは、フェアでなくては意味がありません。教室でいきなり摑みかかって蹴倒すのはいけません。ひとつ間違えば死んでしまうことだってあり得たのですよ。武術というものは、常に死と隣り合わせなのだということを、子どもだから知らなくていいという理屈はありません」

わかってる。今日は海斗くんが怪我だけで済んでほんとによかった。

「まあ、何にせよ、これで当分、あなたをからかったりいじめたりする子はいなくなるでしょう。なにしろ、そんなことをしたら病院送りなんですから」

カラカラと母さまは笑って空を見上げた。雨はあがってうっすら虹も出ている。

「あなたは、ほんとにわたしの子なのですね」

それはどういう意味だろう。もしかして、母さまも子どものころ男の子をやっつけてたの？　何回訊いても、母さまは、さあ、どうだったでしょうととぼけて答えてくれなかった。


夜になって帰ってきた父さまは、少し酔っ払っていて、こんな大変な日に何ということと母さまに叱られていた。

「仕方がないわよ。男には付き合いってものがありますから。おっさんに誘われたら断られしませんやろ」

父さまの言う〈おっさん〉は、おじさんのことじゃなくて和尚さんのことだ。きっとお茶のお稽古をしているお寺の和尚さんだ。

「男とか女とか、今日はもうそういう言葉は聞きたくありません！」

母さまは耳を塞ぐ。理由を訊かれて仕方なくわたしが報告する。父さまや母さまが何と言われたのか。怒るかなと思ったのに、ここでも父さまは大笑いした。何が面白いのだろう。

でも、ひとしきり笑うと、少し真面目になった。

「あのね、希。どんな男のひとの中にも女っぽいところがあって、どんな女のひとの中にも男っぽいところがあって、それが当たり前なんやわ。そやかてどちらも人間として必要な性質やしね。男っぽさと女っぽさの割合が一対九のひともいれば五対五で半々なひともいてるし逆転してるひともいてはる。けど零《れい》対十やら十対零なひとはまずいてへんと思うわ。みんなどっちかゆうたら男性寄り、どっちかゆうたら女性寄りゆうこととちがうかしら。身体はともかく心は、そないきっぱりしたもんちゃうんやない？　もっとゆらゆらしたもんや。海斗くんはきっと警官のお父さまみたいな強さを〈男らしい〉思てはんにゃろけど、京都の男衆《おとこしゅ》はそんな強さより教養こそが男性的なもんと考えてきたし、そうゆうたら、そもそも何が〈男らしさ〉で何が〈女らしさ〉かぁゆうのんも一概には言われへんわねぇ。〈母は強し〉て言いますやろ。世の中で母親ほど強いもんはあらしません」

たしかに母さまは強いけど、そういう強さのことではないみたいだ。

「そやねぇ。今度、うちのこととやかく言われたら、こうおっしゃい。今出川家はジェンダーフリーな家族なんですてね。それで、解決、解決」

何、それ。

「そうや、今度お茶会にお招きしたらどない？　今日のお詫びにゆうて。希かて乱暴者のレッテル貼られたままでは困りますやろ。誘ってみよし」


というわけで、七夕のお茶会。海斗くんは、そんなの興味ないと最初はごねていたけれど、沙也ちゃんとダイヤくんも来ると言ったら、じゃあ、行ってやると偉そうに答えた。三人とも母さまが引率してくれる。わたしとつーちゃんは父さまと先に出かけてお手伝いだ。

七夕のお茶会は、綺麗なものをたくさん飾るから好きだ。色とりどりの糸や布、金の細工のある硯箱《すずりばこ》や笛や琵琶《びわ》。そして、大きな梶《かじ》の葉に願い事を書いて笹竹《ささだけ》に吊るす。短冊じゃなくて葉っぱに書くところが面白いと思う。お客さんにも書いてもらう。あとから見たら、海斗くんの葉っぱには、〈お父さんも参観日に来ますように〉と書いてあった。

父さまはもちろん、ここぞとばかりの麿ルック――狩衣《かりぎぬ》に烏帽子――で、お運びをするわたしは汗衫《かざみ》という女の子用の服を着せられている。紫の袴の上に何枚か薄い着物を羽織る感じで、これがものすごく綺麗な生地だ。お花のような模様を織り出した白い生地は透けて、その下のピンク色がうっすら見える。その下にはもう一枚黄緑の着物を着ていて、撫子《なでしこ》みたいでしょと父さまは言った。つーちゃんは男の子用の童水《わらわすい》干《かん》を着ている。これもめちゃくちゃかわいい。

わたしもつーちゃんも、ただ出て行くだけで、まあ、かわいいとおとなたちから絶賛される。朝からいい気分だった。

見ると、海斗くんたちは畳の上で固まっていた。膝に手を置いて、ぴんと背筋を伸ばして正座している。周りはおとなだらけで緊張しているのがわかる。そりゃそうだ。そこにわたしは澄ましてお菓子を運んでゆく。「どうぞ召し上がれ」と丁寧なお辞儀をする。にこっとすれば完璧だ。お茶も運んでいく。お抹茶碗を台にのせて、転ばないように、こぼさないように、そっと持ってゆき、お客さんの前に座ったら台ごと正面を向こうに向けて静かに置く。毎年お手伝いしているからお手のものだ。ほら、母さまも感心している。

沙也ちゃんは目をきらきらさせている。ダイヤくんは尊敬のまなざし。海斗くんは、完全に目が点になってる。「誰だ、おまえ」って言いたそう。

わたしだっていつもいつも武士なわけじゃない。姫になれと言われればなる。京ことばだってほんとうは話せる。父さまと十年も一緒に暮らしているのだ。

「母さまとお友だち、来やはりました」

お水屋《みずや》で父さまの背中に声をかけると、父さまはくるりと振り向いて、かわいくてたまらないといった風に、わたしのほっぺたをくしゃくしゃにする。

「あなたは、ほんまにわたしの子ぉやわ」

海斗くんがどう言おうと、今出川家は、ジェンダーフリーで、コーブガッタイで、バイリンガルな最強一家なのだ。

七、水月松葉杖《あめにぬれるまつばづえ》の段

雨が降っている。

にもかかわらず、三十畳ある大広間の襖も縁側の硝子戸《ガラスど》も開け放たれ、子どもたちが湿った匂いの中でごろごろしている。畳の上でごろごろさせるためだけに開放しているので、何をしろともするなとも言わない。週に一度、葬儀や法事が重ならないかぎりは、木曜日は〈たたみの日〉となり、フリースクールの子どもたちが寺にやってくる。ある子は親に連れられて、ある子はひとりでふらっと。十年ほど前に和尚が始めたもので、子どもたちの顔ぶれは変わりながら、それでも常時十人くらいはいる。

今日は雨のせいか少なめで五人ばかり。小学生が三人、中学生が二人、持ち込んだゲーム機で遊んだり、本を読んだり、すやすや寝入っている子もいる。彼らは個人主義なのかあまり干渉しあわず、広間はいたって静かだ。サーサーと水が大気を切る音がよく聞こえる。草木や土の匂いが湿気と共に漂ってくる。

降り込んでくるようなら硝子戸を閉めねばならないので、遊馬《あすま》は縁側の柱にもたれて座り、軒から垂れてくる水滴をぼーっと眺めている。三十過ぎのおとなだが、その脱力具合は寝そべっている子どもたちと大差ない。

「先生……？」

小学二、三年生の女の子が、もじもじしながら小声で話しかける。

「うん？」

「あのね、わたしね、今日は早く帰らなくちゃいけないから、お茶のお稽古に出られないけど、お菓子だけもらっていったらダメ？」

そう言いながら、視線は投げ出された遊馬の足を見ている。石膏《せっこう》のように固められた太い足だ。朝方、一応説明はした。

「ああ、いいよ、もう届いてるんじゃないかな」

少し前に庫裡《くり》のほうで、菓子屋の「毎度」という声がしていた。

女の子がほっとしたように笑う。きっともらえるかどうか朝からずっと心配していたのだろう。安心してゆとりができたのか、痛いの？　と聞く。

「痛くないけど、痒《かゆ》い」

えー、と戸惑ったあと、ギプスの上をカリカリと指で引っ掻いてくれるが、当然皮膚までは届かないし、むしろムズムズと痒みが増すような気がする。それでも、ありがとうと遊馬は言った。

しばらくして母親が迎えに来ると、女の子は庫裡で菓子をもらって帰った。帰ったと思ったら一度戻ってきて、すっごく綺麗なお菓子だと耳元で囁《ささや》いていった。いたって普通の、可愛らしい子なのだが、学校に行こうとするとお腹が痛くなるという病らしい。

菓子は十数個が黒塗りの木箱に収められており、蓋には銘を記した栞《しおり》が貼られている。今日は「七変化」と書かれている。

夕方になると、隣の友衛家から庭を廻って伊織《いおり》がやってきた。

「あーあ、ここ、どぼ濡れやんかー。師匠、お大黒《だいこく》さんに叱られんでー」

お大黒さんというのは和尚の奥さんのことだ。僧侶に妻帯が許されなかった頃の名残《なごり》で、今どきそう呼ぶひとは珍しいが、伊織は気に入っている。

雑巾を持って来て縁側を拭き、硝子戸を閉め、役に立たんのぉ、とぶつくさ言いながら、伊織は稽古の支度をする。てきぱきと湯を沸かし、炭を熾《おこ》し、子どもたちを使って道具を並べる。

「ごろごろタイムは終わりや、終わりや」

伊織が友衛家の内弟子となってかれこれ十年になる。茶道も一通り修練を済ませ、何かと頼れる存在になった。子どもたちと年齢の近かった頃はけっこうもめ事もあったが、この頃ではすっかり兄貴分として君臨している。

ここでは教育はしなくてよい、見守りだけ頼むと寺からもフリースクールからも言われていて、難しい子もいるので厳しいことは言わないよう遊馬は気をつけているのだが、空気を読まない伊織にとっては、道場の稽古も〈たたみの日〉の稽古も一緒だ。ごろごろしている子も起こして正座させるのはもちろん、茶を飲むにも菓子を食べるにもあれこれうるさく言う。入門したての頃の伊織を思えば、おまえが言うかと呆れるような小言や説教も憶せずするところは、だいぶ神経が厚かましくできている。この頃では遊馬の代わりに伊織がほぼ毎回指導しているので、馴染めず稽古に参加しない子も少なからずいる。逆に、茶の湯に興味を持って正式に入門し道場に通い始めた子も過去には何人かいる。

「ここで問題です」

伊織が菓子の箱を膝前に置き、蓋を押さえている。

「今日のお菓子は何でしょう。ヒントはこれや」

〈七変化〉と書かれた栞を摘まんでみせる。

「なぞなぞかよー」

小学生の男の子が身をよじらせる。

「当てたら食えるでぇ」

「ナナヘンカって何だよー」

「ばか、シチヘンゲだろ」

「シチヘンゲって何だよー」

「早替わりだろ。服をパパパッて替えるやつ。変装するやつ。わかった。忍者のお菓子？」

「どんなんや、それ」

小学生ふたりが言い合っている横で、中学生の女の子は立ち上がり、鞄《かばん》から辞書を取ってくる。

「あった。アジサイ。アジサイのお菓子」

蓋を開けると、紫色の綺麗な菓子が並んでいる。赤や青のあられ切りした寒天で餡玉をくるみ、紫陽花の花に見立ててある。寒天は透き通り、きらきらと光って紫のグラデーションに見えるのだ。葉型の小さな雲平《うんぺい》がちょんと載っている。

「きれいー」

子どもたちは目を輝かせる。遊馬が外を見ているのに気づき、庭に咲くひと叢《むら》の紫陽花を皆が見やった。

咲き始めてから枯れるまで、あるいは土の性質によって、さまざまに色が変化するのでこの異名がある。雨脚が弱まり、雲間からわずかばかり夕日の射す庭で、紫陽花はピンクがかって見えた。

伊織はそれからさらに、〈八仙花《はっせんか》〉〈四葩《よひら》〉〈手毬花《てまりばな》〉〈おたくさ〉……と紫陽花の異名を偉そうに挙げていく。十年前には、朝顔は〈朝顔〉、紫陽花は〈紫陽花〉でええやろーと毒づいていたのが嘘のようだ。

「八仙花っちゅうのはな、中国の呼び方や。七変化と同じような意味らしいわ。四葩ゆうんは、ほら、小さい花の花びらが四枚ずつやろ。あ、ほんまはあれ花とちゃうんやけどな、萼《がく》なんや」

知った風な解説を聞きながら、以前にも似たようなことがあったと遊馬は思う。茶室で紫陽花について講釈を聞いたことが。

「手毬花は、見てそのまんまや、丸っこくて毬《まり》みたいやしや。おたくさは……あれ、何やったかな、師匠」

伊織が遊馬に助けを求める。遊馬も一瞬、何だったかなと思う。が、思い出した。シーボルトだ。シーボルトが日本に残した妻お瀧《たき》を思って名づけた。

「せや、〈おたきさん〉やから〈おたくさ〉や。シーボルトぉゆうおっちゃんがつけたんや。シーボルトはん、知ってはるか？　まあ、わしも実はよう知らんねんけどな」

ハハハと笑う。

ドイツ人のシーボルトと日本人のお瀧。それで思い出した。あれは珠樹《たまき》だった。

稽古のとき、花入《はないれ》に甘茶《あまちゃ》を挿しておいたら、今の伊織同様とくとくと語り始めた。紫陽花の花に見える部分は花ではない、そんなことも知らないのかと。華道の家元の娘だった。稽古の初日から遊馬を振り廻し、常に稽古場のリーダーシップを取り、茶事まで催して、高校を出たと思ったらイギリスに留学してしまった。向こうで大学を出て、そのまま就職したという。彼《か》の地では、勤め仕事のかたわら家業の〈華道水川《みながわ》流《りゅう》〉を教えているが、茶道についても希望されたときには〈坂東巴流〉で対応するらしい。なのでたまに帰国すると道場にやってきて、かなり真剣に稽古していく。この間は碧い目の恋人を連れてきていた。表情の読めない、クセのあるイギリス人だった。彼だったら、珠樹を〈おたまさん〉と呼ぶのだろうか。そんなことを想像してひとりにやついていたら、伊織に叱られた。

「何、笑《わろ》てんですか。ちゃんと見たってくださいよ。わしにばかりさせんと」

伊織は昔に比べればだいぶおとなの振る舞いも身についてきたが、遊馬の入院中あれやこれやと世話をしたこともあって、いささか態度が大きくなっている。佐保がいればそこまで世話にならずとも済んだのだが、あいにく京都護衛署への応援で長期出張中だ。自ら志願した仕事だったので、夫が怪我をしたからと途中で投げ出すわけにもいかなかった。

「いや、任せるよ」

遊馬は小学生の点《た》てた茶を一服だけもらうと、雨の止んだ隙に自宅へ戻ろうと硝子戸を開ける。

「お茶、美味かったぞ」

点前座《てまえざ》の小学生が照れて笑った。

尻を軸に身体を回転させ、縁側の縁に足を垂らす。察した伊織が床下から片方だけの靴を出して履かせる。二本の松葉杖を地面に突き、器用に体重移動させて下り立つ。だいぶ慣れたが、それにしてもまどろこしい。

寺と家との境にある木戸を越え、露地の苔を傷めるわけにはいかないので、一番近い離れの廊下から家に上がり込み、杖の先を丁寧に拭く。畳廊下は絶対に汚してくれるなと母に言われている。汚さなくても一歩毎《ごと》に跡がつくので、すでにかなりボコボコになっている。

震災後に建て替えた母屋の三階に遊馬の部屋はあるが、階段の上り下りは面倒なので、退院後は一階の客間に寝起きしている。今、廊下に面した襖が開いていて、覗くと子どもが座っていた。

「ノンちゃん？　何してるの」

「宿題」

今日は子どもクラスの日だったのだろう。剣道の道着袋を脇に置き、文机《ふづくえ》にドリルのようなものを広げている。遊馬を見ると、「足、痛そう」と顔をしかめた。

「えらいね。いつもここでしてるの？」

聞きながら、壁際に腰を下ろす。

いつもではないらしい。いつもは子どもクラスが済むと、母カンナの稽古を見学している。今日はランドセルを背負ってきたので、宿題を始めようとしたら、道場はそういう場所ではないのでここでするように言われた。たしかに普段は誰もいない部屋だ。泊まり客があったとき、ひとりふたりなら寝てもらえるよう寝具が押入に入っている。あとは文机ひとつ。

「そっか。俺、邪魔かな」

ぶるんぶるんと頭を横に振って、そんなことないと言う。

「算数、教えてくれる？」

今度は遊馬が首を横に振る。

「そういうのは行馬《いくま》おじちゃんじゃないとね」

「小学四年生の算数できないの、遊馬さま？」

「今、足がこんなだから」

「足で考えるの、遊馬さま？」

「追い込むなよ、カンナそっくりだな」

希《のぞみ》と言う。この間生まれたと思ったら、あっという間に大きくなった。母親がそう呼ぶのでこの子も遊馬をさま付けで呼ぶ。幼い頃は舌足らずに「あしゅましゅま」と言っていたのが可愛かった。

「あ、そうだ」

遊馬は腰につけたポーチから菓子を取り出した。寺から出るとき、中学生の女の子が気をきかせてひとつ入れてくれたのだ。小さなプラスティックのケースに入っている。

「ちょっと潰れてるけど」

案の定、希はそちらに目を奪われ、算数のやりとりは忘れてくれた。

「きれいー」

紫に光るモザイクに溜息を洩《も》らす。食べていいかと聞くので、懐紙《かいし》に載せてやった。水筒持参で、お茶は無用らしい。幸せな顔をして食べる。おかっぱ頭に花の付いたピン留めをしている。丸襟《まるえり》のブラウスにピンクのカーディガンを羽織り、黙っていればなかなか可愛いのに、中身は母親似の武闘派だ。口も達者で、ああ言えばこう言う。寺に行けば同じ年頃の子どもたちがちょうど茶を点てている。そう教えたら、また大きく首を振って、お子様の相手はうんざりだと曰《のたま》った。

「男子、バカ過ぎ」

自分が叱られているような気がした。

広い畳廊下を配膳台が通っていく。押している柳内《やない》さんが覗いて声を掛けた。

「あら、ノンちゃん、お勉強して偉いのね」

遊馬には食事をとる場所を訊く。夕餉はだいたい茶の間で家族揃ってとるのだが、今の遊馬は畳に正座できないので厨房《ちゅうぼう》のテーブルに置いてもらうようにしている。今日もそれでよいと頷いたところへ、稽古を済ませたカンナがバタバタと希を迎えに来た。客間を遊馬が使っていることを知らなかったようで、さんざん謝りながら、返す刀でその倍くらい説教もする。

「いくらお怪我なさっているからといってごろごろしていてはいけません。上半身なら動かせるでしょう。筋肉が落ちないように、鍛錬しておきませんと」

お手伝いしましょうかと腕まくりしたので、さっさと帰れと追い出した。

襖を閉めてひとりになると、とても疲れた気がして畳に大の字になる。大の字になるにも足が固められているので、怖々だ。一日ほとんど何もしていないのにと溜息が出た。襖の外では家族の声がしている。茶室も剣道場も夕方の稽古は終わったらしい。腹が減ったと伊織が言っている。毎日湿っぽいのぉと祖父の風馬《かざま》が言い、ほんとですなと弥一《やいち》が答えている。手を洗って下さいよと釘をさしているのは母の公子《きみこ》だ。襖一枚隔てているだけで、くぐもって遠く聞こえる。

狭い部屋だが、押入の隣に半間の床《とこ》の間はあって、軸《じく》が掛かっている。〈雨滴聲《うてきのおと》〉とある。この時期よく見る軸だ。遊馬も何回か稽古や茶事に掛けた。

――鏡清《きょうしょう》、僧に問う、門外是れ什麼《なん》の声ぞ。僧云《いわ》く、雨滴声。

昔は壁画《へきが》と『碧巌録《へきがんろく》』の違いも知らなかった遊馬だが、さすがに今では公案をそらんじる事ができる。しかし答えはもちろんわからない。そう言えば昼間ずっと雨垂れを眺めていたのは、それを考えていたのかなと思う。ならば〈無〉の音だ。悟った無ではなく、虚ろな無だ。無為に過ぎていったこのひと月は何だったのだろう。

足が一本折れただけで、剣も振れなければ弓も引けない。正座できないから茶も点てられない。木偶坊とはこのことだ。病院のベッドで足を吊られていた間は下の世話まで他人にされて情けないことだった。しかもそんな姿のときに限って、見舞客は来る。カンナも他人行儀に果物の籠を提げて家族四人でやって来たし、フリースクールで働いている同僚や生徒達も何人か来た。佐保も出張中の京都から一時帰宅して、大事なときにいられなくて申し訳ないと、自分が悪いわけでもないのに遊馬にも家族にも謝っていた。

そして味噌屋のご隠居は毎日来た。怪我をしたのは、このひとのせいだ。いや、彼女も被害者だ。

先月の半ば、出勤する途上だった。遊馬は家業のかたわら、不登校児をケアする団体に勤めており、今は北区の担当で電車通勤だ。川に群れるユリカモメを眺めながら駅に向かって歩いていた。五月ともなればもう北国へ去っているはずのユリカモメがまだ残っていて、白い鳥なのになぜか皆、顔だけ真っ黒だった。鳥にはやたら詳しい伊織が〈ガングロ〉と呼んでいたのはこれのことかと面白く思っていたとき、歩道を後ろから走ってきたバイクが遊馬を追い越し、前にいた婦人のバッグを引ったくった。

目の前の狼藉《ろうぜき》を見過ごすわけにはいかず、おいこら、と追いかけようとしたが、引ったくられた婦人が諦め悪くバッグをなかなか離さなかったせいで若干引きずられる格好になり、離したときには反動でよろけ、川岸へ下りる石段を落ちそうになっていた。ここは人命のほうが大切だと冷静に考えたわけではなかったけれど、咄嗟《とっさ》に遊馬はその肩を掴んで引き戻そうとし、逆に引っ張られて一緒に落ちた。本能的に相手を庇って抱え込む格好で、二、三回転はした気がする。婦人のほうは無傷だったが、遊馬は金属の手すりに脚を強打した。その婦人というのが、近所の商店街にある味噌屋のご隠居さんだ。隠居と自称するわりにはまだまだ元気で、ずいぶん派手な色の服を着ていた。

とは言え、彼女ひとりで落ちていたら間違いなくどこか怪我したはずで、下手をしたら頭を打ったかもしれない。階段の真ん中ではなく隅の、石垣との境のような場所だった。だから命の恩人とばかりに感謝され、毎日、見舞に来られた。医師や看護師にも、同室の患者にも、誰か見舞客と鉢合わせすればそのひとにも、事の顚末《てんまつ》を講談調で語るので、とりあえず遊馬の怪我は名誉の負傷として世間的には認知された。

が、家の中ではそうではない。武道の家である。父や祖父には受け身がなってない、それくらいで折れるとは軟弱な骨だとさんざん馬鹿にされた。自分でも不覚をとったと思う。石段の傾斜は緩やかで、もう少し手すりに遠い場所だったらこうはならなかっただろう。なぜそちらのほうへ跳べなかったのか。行けたはずだ。何度も頭の中でスロー再生してみるが、自分の動きが納得できない。結果、入院手術で職場に迷惑をかけたし、受けようと思っていた弓の錬士《れんし》審査も遠のいた。

味噌屋が騒いだせいかどうか、警察から感謝状を贈られることになった。父の秀馬《ほつま》は元警官なので、犯人を捕まえたわけでもないのにおこがましいと辞退を勧める。むしろ救急車を呼ぶ羽目になって社会資源を浪費した。ただ、勤め先の上司が、それはぜひもらってくれと言うので、足が治ったら警察署に行くことになりそうだ。

家族が茶の間で食事を始めた頃、遊馬ものっそり起きあがって厨房へ行った。もう帰ったと思っていた柳内さんが待っていてくれた。

「すみません。もう帰ってくれてよかったのに」

昼食の支度から夕食の支度までという約束になっている。その間に母屋の掃除や洗濯をしてくれる。だいぶ前に公子が過労で倒れてから頼むことになった家政婦は、その後何人か入れ替わって、今は柳内さんともうふたりの三人が交替で来てくれている。専任でひとりに頼っていると、そのひとが来られないときに代理を探さねばならないが、はじめから三人がおのおのの都合に合わせてシフトを組んでくれれば抜けはなくなる。急に予定が変わっても、もし他のふたりのどちらかが来てくれれば、初めてのひとに一から作業を説明しなくて済む。ひとりで足りないときにはふたり三人一緒に来てもらうこともできる。彼女らのおかげで家族の生活は円滑に廻っている。

大丈夫ですよと言いながら、柳内さんは冷めた汁鍋を火にかける。

「松葉杖、慣れました？　けっこう疲れるでしょう」

そうなのだ。だがそれでも、ベッドから動けなかった間に比べればかなりマシだ。

遊馬の前に椀を並べると、柳内さんは手持ちぶさたそうに流しにもたれて立った。

愛想は悪くないけれども無駄話をするタイプでもない。仕事はきっちりしていて、汁鍋以外は、もうすべて洗い終わっている。流し台もガス台もキラキラしている。

母屋を建て替えたとき、主婦の公子は台所を家族のためというより茶事の稽古に便利なように設計した。母屋の奥にある茶室の水屋《みずや》とつながっており、離れの茶室にも近い。本人好みの欧風な装飾はいっさいなく、実用一点張りのステンレスの目立つ厨房だ。面積が狭いのでそうするしかなかった。清潔ではあるが、冷え冷えとして、ここでとる食事は料理屋の賄《まかな》いのように感じられる。だからだろうか、遊馬がひとりにならないように柳内さんはいてくれるのかもしれない。エプロンも外してすっかり帰り支度もできているふうなのに。

「これ、カツオですか？」

黙って食べているのも気詰まりだった。有田焼《ありたやき》の皿には魚の味噌漬けが数切れのっている。

「奥さまが仕込んでくださってました。お味噌は……」

という眼差しの先には味噌樽《だる》がある。治療費を払うと言ってきかない味噌屋に労災が下りるから気遣い無用と答えたら、代わりに味噌を数種、樽で持って来た。とはいえ、家にはこれと決まった味噌があり、汁の味を今さら変えると年寄りが戸惑う。柳内さんたちにも分けて持たせたが、それでもまだけっこう残っている。そういえば昼は味噌ラーメンだった。

「昨夜《ゆうべ》は味噌炒めでしたよね。その前は鯖《さば》味噌じゃなかった？」

「坊っちゃんは退院してきてまだ三日ですが、皆様はかれこれ一週間、味噌尽くしです」

「俺のせいか」

「ありがたいことですよ、美味しいお味噌で。明日は田楽《でんがく》なんかよろしいかも」

塩分過多で死にそうだ。そう言うと柳内さんは、大丈夫ですと向き直り、流しの縁に両手を突っ張った。

「お味噌で取る塩分は、むしろ健康的です。カリウムと一緒に取ればさらに安心。海草や芋類にはたくさん含まれていますし、お昼のラーメンにはしっかりニラと豚肉を入れておきました。お魚も優等生です」

汁の実はわかめとジャガイモだった。

「あ、そうなんだ……」

そういえばこのひとは、昔、教師だったと聞いていた。それでかどうかわからないが、他のふたりは下の名前で呼べるのに、どうしてもこのひとのことだけは苗字で呼んでしまう。灰色がかってぱさぱさした髪、かぶりのブラウスは花柄で七分袖、ゆるっとしたスカートを履いて、見た目は普通のおばさんなのに、いざ話し出すと校長先生のような風格があった。たしか専門は理科だったか。

「はい、中学で理科を教えていました。定年まで」

偏見かもしれないが、教師から家政婦への転身というのは珍しい気がする。家庭科の先生ならまだしも理科なら余計に。

「奥さまにもそう言われました」

煮浸しを突きながら続きを待ったけれども、柳内さんはうっすら笑ってそれきりだったので、遊馬はもうひとこと重ねなければならなかった。なぜ再就職が家政婦だったのか。

柳内さんは少し不思議そうに遊馬を見た。

「いや、無理に訊きたいわけじゃないんですけど」

「ああ、大丈夫ですよ。そんなことに興味を持ってくださるのかと意外だっただけです」

家政婦になって十年、いろいろな家で仕事をしたが、個人的な事に興味をもたれたことはあまりない。前職が教師だったと知らない場合がほとんどで、気づくと何かよほど事情があるのだろうと勝手に憶測され、いずれにしてもこんな単純な質問を受けたことはなかった。

「そんな大したことではありません」

言葉とは裏腹に、しっかり話し込む態勢で遊馬の向かいに腰掛けた。

「坊っちゃんは、もしもこのおうちに生まれなかったらと考えたことはありますか」

「あります」

「坂東巴流とまったく関わりのない人生だったらとか」

「あります、あります」

「でしたら同じことですよ。わたしは貧しい家に生まれたのです。それで、ひとから見下されたくないと頑張って教師になりました。でも、教師というのは、逆にいつも上から物を言わねばならなかったりするでしょう。自信があってもなくてもです。四十年近くそんな仕事をしていたら、今度はまったく別の角度から世間と関わってみたくなったと、そんなところです。ほんとうは、もう少し若かったら、メイドカフェで働いてみたかったです」

「もう少しって……」

ここは笑うところですよと念を押されたけれど、遊馬は引きつって笑えなかった。坊っちゃんと呼ばれるのにも抵抗があるが、〈ご主人さま〉だったらゾッとする。

「それにですね、理科と家事は馴染みがよいのです。家事というのは、ほとんどが理系のお仕事です。まず、お料理がそうです。栄養のバランスを考えるのも、煮炊きの温度管理もそうですし、味付けのさしすせそも分子の大きさや浸透圧の問題です。カロリー計算もそうだし、盛り付けは幾何学《きかがく》の応用ともいえるんじゃないですか。お掃除もね、どの汚れを何で落とすかは化学の範疇《はんちゅう》です。お裁縫も編み物も計算なしには成り立ちません。もちろん家計簿も。哲学をこねくり回しているだけでは、お茶一杯淹れられません。お抹茶もそうではありませんか?」

考えてみたら茶道もそうかもしれない。しつらいや精神は美学文学哲学的でも、湯や炭の扱いに流体力学や気体力学を持ち出すひとは多いし、美味しいかどうかをカテキンやテアニンの量で測るひともいる。遊馬にはよく理解できないが、そういうことをつべこべ言うひとが、案外上手に湯を沸かし、美味しい茶を点てたりもする。

「柳内さんもお茶してるんですか。うちでなくてよその流儀でも。あ、煎茶道《せんちゃどう》とかかな」

話しながら柳内さんが目の前で淹れてくれた緑茶が爽やかに美味しい。急須で茶を淹れる一連の仕種も流れるようだ。

「残念ながら、そういう家ではなかったので」

「そういうって……」

「お茶やお華を習うのが当たり前というようなお宅です。ここにいらっしゃる皆さんを見ていたら、裕福なおうちの奥さまお嬢さまばかりじゃありませんか」

立ち上がって冷蔵庫を開け、枇杷《びわ》はいかがですかと訊く。

茶の湯の稽古をするのが裕福な家の妻女だけだと言うならそれは否定したいところだが、遊馬自身、公子の弟子たちの優雅な暮らしぶりを〈オホホなひとびと〉と揶揄《やゆ》してしまうくらいなので、ここは言葉に詰まった。

枇杷を洗うにしては水音が少し激しくないか。と思ったら、キュッと水栓を止めて柳内さんが宙を見た。

「でも、お寺で教えてらっしゃる子どもたちは違うかもしれませんね」

「まぁ、あれはボランティアなんで」

「素晴らしいことです。坊っちゃんはいろいろご立派なのかも知れませんけれど、あのお寺のお稽古をこそ、一番の誇りとするべきです。わたしはそう思います」

いくつになっても先生は先生だなと遊馬は思った。

竹笊《ざる》に枇杷が盛られたところで伊織が顔を出した。食事を済ませたらしい。「枇杷や枇杷や」と言うなり、勧められもしないのに向かいに座って食べ始める。

「先生って何？　何の話してはったん」

と訊くので、柳内さんは昔先生だったのだと教えた。

「退職してもう十年です」

「先生って一生に何人くらい生徒教えはんのやろ」

「さあ、数えたことはないけれど、数千人でしょうかね」

「うわ、全部覚えてはります？」

「まさか、全員は無理ですが、担任した子なら覚えています」

「偉《えら》なった子、おる？　あれはわしの教え子やぁゆう有名人とか」

枇杷の皮を剝《む》きながら遠慮のない質問を伊織はする。そういうところはおとなになっても変わらない。柳内さんは呆れたように肩をすくめ、それでも心幼い生徒の相手をするように、また流しにもたれ手を組んだ。

「偉いというのは、どういうことでしょうね。会社の社長や重役になった子もいますよ、それはね。重役になっても人間としてダメな子もいます。問題があって少年院に入ってしまったけれども、出直して誰より立派な人間になっている子もいます。わたしにとっては、出直した子のほうが偉い子で、誇りです。回り道した分、人間が深い。回り道は大切です。坊っちゃんも松葉杖は大変でしょうけれど、数ヵ月のご辛抱です。腐っていたらいけませんよ」

見透かされている。

食べ散らかされた枇杷の種や皮まできっちり片付けてから、柳内さんは帰った。

翌日はやすよさんが来た。このひとはもともと茶道の門人で、公子にとっては最初期の弟子になる。友衛家が多忙なときには奥向きのこともよく手伝いに来てくれていた。公子にとっては姉にあたるくらいの年齢だが、自身に子がなかったこともあって、友衛家のためにだいぶ時間を融通してくれた。弟子だからと甘えているのを心苦しく思っていたが、さりとて謝金などは受け取らないので、家政婦のとりまとめを頼むという名目でシフトに加わってもらうことにした。来るのは、どうしても彼女に頼みたいという日だけなので、出勤日は一番少ない。彼女がいるということは、茶事の稽古でもあるのだろう。

遊馬が朝食を済ませた頃にはもうやってきて、他のふたりは立ち入らない茶室をちゃっちゃと掃除していた。伊織は朝稽古を済ませてそのまま道場の床に雑巾をかけており、九十歳を越えた弥一が雨の合間に露地で草引きをしている。遊馬はすることがなく、食事を済ませたまま厨房で背中を丸めていた。見ていて公子が嘆く。

「なんだか鬱陶《うっとう》しいわね、歩けなくてもできることはあるでしょう。本を読んで研究するとか」

本なら病院で死ぬほど読んだ。武芸書とか漫画とか雑誌とかいろいろ差し入れされて読んだけれども少しも頭に入った気がしない。なんであそこでしくじったかなぁと、石段のことばかり考えていた。

「お仕事に行かなくていいなら、少し手伝いなさい。座っててもこれくらいはできるでしょう」

目の前に冬瓜《とうがん》と平たく潰れたような豆が置かれる。モロッコインゲンという。

「冬瓜の皮は厚めに剝いてね。うっすら緑が残るくらいよ。面取りも丁寧に。お豆は端を切るだけでよいから。ものすごく固そうだったら筋をとって」

炊き合わせの材料らしい。

勤めのほうは、担当を最寄りの施設に替えてもらい週明けから復帰することになっている。当面は事務仕事や子どもたちの見守り業務しかできない。家でも同じだ。野菜くらいなら切ってやると思うが、それさえ伊織がやってきて、横取りしようとする。

「師匠、わしやりますから。寝てて下さい」

「寝るのは飽きたんだよ。お前もひと月寝ててみろ」

しかし、たしかにこういう作業は伊織のほうが上手い。妙に手先が器用で、茶杓《ちゃしゃく》も上手に削るし、趣味の羽箒づくりも今やプロはだしだ。

「だったら伊織さんはボウフウをお願い。爪楊枝で茎を裂《さ》いて水にさらすだけですから」

「裂いてって、どこをですか」

カイワレ大根を少し立派にしたような野菜である。伊織は一本摘まんで首を傾げている。言われたとおり紫色の細い茎を縦に裂いて水に放ると、くるんと丸まり、おおっと思わず声が出た。葉の緑と茎の紫が対比して美しい。刺身のツマのようなものだ。

こうして大の男がふたり、厨房の隅でちまちまと下ごしらえを手伝っているところへ、掃除を終えたやすよさんが戻ってきて、エプロンをはずした。

「遊坊《あす》っちゃん、退院おめでとうございます」

「あ、うん。ありがとう」

昔からお洒落なひとで、今日も大島の着物を解いて作ったというつやつやしたブラウスとパンツのセットアップで共布のターバンをしている。縁の太いメガネをかけてちょっと格好いいおばさんだ。料理用の白い割烹着をぱんっと振って広げ、腕を通す。背中で紐を結びながら、目は今日の客の人数と献立の書かれたメモを見ている。

「大変でしたねぇ。このあたりも物騒になって。それにしても、なかなかできることじゃありませんよ。身を捨てて他人を助けるなんて。ほんとうに坊っちゃんはお偉いです」

捨てる気などは毛頭なかった。多分、もう一歩踏み出せていたらあんなことにはならなかった。踏み出せるはずだった。なのに踏み出せなかったのは、自分も年をとったのだろうか。そう思うと気分が萎える。最近は職場でも責任が重くなり、その分、家ではうるさく言われることもなくなって、正直、稽古を怠っていたかもしれない。錬士の審査を受けると言ってもあれで通ったかどうか。

「でも、犯人、捕まったそうじゃないですか」

ひったくり犯は、遊馬が退院する少し前に逮捕された。今どきはどこにも防犯カメラがあって、すぐに身元は割れ、犯人がしばらく姿を隠していたのと、警察も忙しいのとで時間はかかったけれども結局は捕まった。立派な大学に通っている学生だったらしい。

「いったい大学で何をお勉強してるんでしょうね。遊坊っちゃん、ちょっと道場に呼び出して鍛え直してやったらいかが」

「だからさ、やすよさん、その〈坊っちゃん〉っていうのやめてくれないかな。やすよさんが言うから他のひとも面白がって言うんだよ。なずなさんまでだよ。年下だよ、彼女」

なずなさんというのは、もうひとりの家政婦のことだ。

「あら、では何とお呼びいたしましょう。若様？　遊馬様？」

〈様〉はいらないのだ。

「もう三十年もそう呼んでいるんですから、今さら直りませんよ、坊っちゃん。でも、そうですね、坊っちゃんがご当主をお継ぎになったときには、きっと別の呼び方をいたしますよ。お約束します。まあ、生きていればですが」

遊馬は包丁をトンとまな板についた。返事に困るような冗談はやめてほしい。柳内さんといい、やすよさんといい。

「柳内さんは何をおっしゃいました？」

メイドカフェの話をしたら、鍋の上に両手いっぱいの鰹節《かつおぶし》をかざして投入のタイミングを計っていた公子までもが吹き出して、その後なぜか遊馬は睨まれた。

「少しって、そら六十年くらい若返らなあかんやろ、一遍死んで生まれ変わったほうが早いで」

遠慮のない伊織が言い、公子の怖い顔がそのまま移動する。

やすよさんのほうは屈託なく笑い、そうする間にも、膳と椀類を棚から出して、ぬるま湯で洗うのだろう、水栓から出るお湯の温度を掌で測っている。

外では止んでいた雨がまた降り始めたらしい。廊下の窓が開き、弥一が入ってくる音がする。遊馬が退院してからというもの、実に梅雨《つゆ》らしい長雨の日々だ。

「あら、ごめんなさい、やすよさん」

綺麗に洗って並べられた椀類を見て公子が声をあげた。

「今日は伏傘懐石《ふせがさかいせき》にしようと思っていたのよ。こんな季節だから、露地笠《がさ》の使い方をお稽古して、懐石は伏傘に。だからお椀の蓋はいらないの」

普通なら向付《むこうづけ》の皿の前に蓋つきの飯椀と汁椀を並べて置くところを、飯椀に汁椀を逆さにかぶせて出す。汁は後から鍋ごと席中に出して、客自ら汁椀によそってもらう。汁替えはなく、御飯のお替わりも一回省くので、椀を預かった亭主が茶席と水屋と行ったり来たりせずにすむ。汁椀を逆さにかぶせた姿が傘のようなので〈伏傘〉という。

「ほんまかいな」

伊織は半信半疑だ。椀を逆さまにするなんて、まるで子どものいたずらのようだ。

土曜日は遊馬が教える茶の湯の稽古日である。離れの行空軒《こうくうけん》の広間に椅子を置き袴姿の遊馬が座っている。入院中は祖父の風馬が代わりに見てくれた。弟子たちはかなり緊張したらしい。退院したからには遊馬自身が稽古をつけるべきで、これを若干悩んでいた。

〈たたみの日〉のように足を投げ出していては格好もつかないし稽古にならない。師としての威厳も保てない。何より哀れな姿を弟子に見られたくない。京都からかかってきた電話で少しばかり弱音を吐いたら、佐保はいつも通りで大丈夫でしょうと笑った。能天気な返事が恨めしかったけれど、たしかに着物なら足は見えない。袴を着けたら完璧で、椅子に座れば爪先まですっぽり隠れた。畳に座れないのは情けないが、高いところから見下ろす角度になるので、むしろいつもより威張っているようにさえ見える。遊馬は殊更に姿勢を正してその日一日稽古を見ていた。それで無駄に労られたり慰められたりすることを防げた。

当初は弟子三人、土曜の午前中に四畳半一間で始まった遊馬の稽古は、その三人がそれぞれ、佐保は皇宮護衛官になり、珠樹は渡英、ミランも武道の指導者として故国へ帰ってと土曜稽古から抜けたが、一時マスコミに取り上げられたことや、門人たちの紹介など、いろいろなルートでひとが集まり、今は二十名ほどになっている。午前、午後、夕方の三組に分けて広間を使い、場合によっては隣の四畳半も開け放って稽古をつける。遊馬には平日の勤めがあり、日曜は何かと行事もあるので、ひとりひとりきちんと見ようと思えば人数的にはこれが限界に思える。なので積極的に募集はしていない。

今日は蛍《ほたる》の菓子が届いていた。厚い円盤状にまとめた練切《ねりきり》の台は薄紫と白のグラデーションで、そこにすっと引かれたへら筋が水草を表し、黒ごまで蛍、お尻に黄色い雲平のようなものを貼り付けている。沢辺で蛍が光っている図だ。考える暇《いとま》もない。綺麗ですねと弟子たちは言ったけれども、遊馬は何だかなぁと思う。

東京の菓子はよくも悪くもわかりやすい。この菓子など絵のようだし、一昨日の紫陽花もあんなにわかりやすいのにさらに葉っぱまでついていた。京都の菓子屋なら、もう少しぼんやり仕上げてくるだろうと思った。これは何だろう……と考える一瞬の間《ま》があり、あ、蛍だと気づいたとき、志乃《しの》さんだったか幸麿さんだったか、誰かしら誉めてくれて、単純に嬉しかった。あの〈間〉が、東京の菓子にはない。

志乃は遊馬が昔、京都で世話になっていた老婦人だ。幸麿もその頃にいろいろ教えてくれた茶人で、今はカンナの夫であり希の父だ。

午後の稽古が終わり、久しぶりに京都のことなどをぼんやり思い出していたとき、突然ピーッと耳をつんざく音がした。しばらく鼓膜に震えが残るような甲高い音だ。何ごとだろうと杖をついて縁側に出ると、どうも母屋の二階から聞こえてくるらしい。物干し台に誰かいる気配がする。

階段の下まではすぐに行けたが、松葉杖で上るのは難しそうだった。まして袴では裾を踏んでまた転落しかねない。それでも妙に気になって、遊馬は杖を残し階段に腰掛けた。一段ずつ腕と尻で上ってみる。一段上に腰掛けては足を引き、また一段上に腰掛けては足を引く。ずりずりと二階まで上り、這うようにして物干し場へのドアを開けた。

なずなさんが笛を吹いていた。家政婦三人のうち一番若いひとだ。ドアに背中を向けていて遊馬に気づかない。あのピーッという甲高い音で終わり、数秒してふっと肩から力が抜け、振り返る。

「わ、大丈夫ですか！」

相手も驚いたけれど、驚かれて遊馬も驚いた。ずいぶん苦しそうに見えたらしい。支えられて立ち上がり、片足でドアにもたれる。

「うるさかったですよね。すみません。なんだか余裕なくて、わたし」

眉間に皺《しわ》を寄せたまま、明日が笛の発表会だと言う。公子には許しをもらい、遊馬の入院中も休憩時間にここで練習していた。慌てて弁解する。

「いいけど、笛を習ってるなんて知らなかったから。ちょっと驚いて」

まだ二十代後半の痩せぎすな女性だ。あまり化粧気もないのに色白なせいで唇が赤く見える。たしかに余裕のない顔をしている。吹いていたのも忙しそうな曲だった。

「神楽《かぐら》です」

笛は能管《のうかん》というものらしい。能の舞台で吹く笛だ。ピーッという音を聴いたとき、そんな気はした。

彼女は数年前に突如笛に魅せられて稽古を始め、趣味では飽き足らずプロをめざして修行中なのだそうだ。拘束のきつかった会社勤めを辞め、今はバイトをいくつか掛け持ちしている。他のふたりとは違って生活に余裕はない。今日も午前中に別の家の家事代行をしてから友衛家に来た。ノルマの掃除洗濯を済ませ、夕食の支度までに空いたわずかな時間が今だ。自宅では近所から苦情が来るので思いきり吹けない。

「ああ、邪魔してゴメン。どうぞ続けて」

貴重な時間なのだと気づいて遊馬は言ったが、彼女はもういいんですと笛を仕舞った。

「不安なだけなんです、吹いていないと。鼓《つづみ》の方と一緒だから、間違って迷惑かけたらどうしようとか」

眉間の皺は緩み、ほんのり笑んでみせる。

「明日かぁ。それ、誰でも聴けるの？」

「もちろんです。素人会《しろうとかい》ですから、タダで聴けます。でも坊っちゃん、お出かけは無理なんじゃ」

週明けから仕事に出ることになっているし、人混みを歩く練習もしたほうがよい。

何か惹かれるものがあった。

「今気づいたけど、この家には音楽がないんだな」

文学的教養も美学的感性も武道的精神も、もしかしたら柳内さんが言っていたように科学的知見もあるのだろうが、音楽的要素がこの家にはない。だから笛の音にものすごく驚いたのだ。

「音楽、お嫌いでしたか？」

「いや、そんなことは……」

嫌いどころか昔はギターを弾いていた。バンドを組んで京都くんだりまで合宿に出かけたこともあった。

「なんか、忘れてたなぁ。あんまり昔で……」

合宿までしたのに、メンバーから追い出されたのだ。京都に置いてきぼりを食った。

「悔しかったなぁ……」

思い出すと目眩《めまい》がしてくる。

「大丈夫ですか」

実際、片足で立っていたのでぐらぐらした。

なずなさんも笛に出会うまでは洋楽専門だったと言い、ふたりでしばらく音楽談義をした。

未来なんかどこにもない
引き裂いてむしりとって
割れた爪の間に作るんだ

「そんな歌詞だった。知らないかな、知らないよなぁ。ブラジル人のグループなんだけど。大好きだったんだよなぁ、この歌」

「引き裂いて……」

「そう、引き裂いて。あ、さっきの音もそんな感じじゃない。ピーッって、空気を引き裂いて」

「ヒシギですね。神おろしの音だとか」

「神……」

そのとき、遊馬の脳裡《のうり》をふっと何かがよぎった。

「もしかして、なずなさん、川のそばでも吹いてませんか？　朝」

「ああ、はい、練習にちょうどよいので。今日も仕事前に練習してました」

「やっぱり。あの日も吹いてたでしょう。俺が怪我した日」

日にちを言うと、そうかもしれないと彼女は答えた。発表会までひと月となって、焦り始めた頃だ。川沿いの公園は、上を首都高が走り線路も近いので、笛の音くらいでは誰も驚かない。

遊馬は頭の中に何度も反芻《はんすう》したあのシーンを思い起こす。何かその一瞬だけ記憶が欠けている気がしてもやもや引っかかっていたのは、さっきの笛の音ではなかったろうか。味噌屋のおばさんの肩に手をかけたとき、ふっと宙に気を取られた。音として聴いた記憶はないのに、キンッと鼓膜が震えたのを覚えている。そんなに近くではなかったのだろう。他のひとには聞こえなかったかもしれない。ただ遊馬の耳には届いて、刹那《せつな》、気が逸れ、踏み込む足が遅れた。もしそうなら納得できる。あなたの笛のせいで怪我をしたとまでは遊馬は言わなかった。確証はない。でももしほんとうにそうだったなら、少し救われると思った。神様の思し召しなら、怪我もありがたく思えてくる。

おかげで昔好きだった歌を思い出した。荒涼とした世界観を思い出した。いつも現状に抗《あらが》っていた自分を思い出した。近頃の坊っちゃん然と落ち着いてしまった自分に、活を入れられたのかもしれない。

夜、佐保から電話があった。怪我の具合はどうか。もうすぐ帰るが、お土産《みやげ》は何がよいか。

「土産？　決まってるだろ。水無月《みなづき》だ。志乃さんの手作りなら、なおいいな」

「手作りて、贅沢やなぁ。けど、わかりました。お願いしてみます！」

〈水無月〉とは京都の六月を代表する素朴な菓子だ。冷たい氷を模したとも龍の鱗《うろこ》に見立てたとも言われる三角形の外郎《ういろう》に邪気祓《はら》いの小豆《あずき》をのせて、半年間の穢《けが》れを落とす〈夏越《なごし》の祓《はらえ》〉に食べる習わしになっている。

あとがき

『雨にもまけず粗茶一服』から始まった友衛《ともえ》遊馬《あすま》の青春譚が『花のお江戸で粗茶一服』で完結し、ようやくわたしの手を離れたと安堵していた頃、「で、その後どうなりました?」とか「京都の彼らはどうしてるの?」などと尋ねられることがあり、それはもう読者の好きに想像してくだされぼとお答えしていましたが、その問いかけはきっと友衛家を実在の家と捉え〈坂東巴《ばんどうともえ》流《りゅう》〉の行末を本気で心配してくれているからなのだと気づき、なんともありがたいことだと思いました。

遊馬の周囲にはそれぞれ一生懸命生きている人間がたくさんおり、遊馬のことを書いているときにも、彼らひとりひとりのドラマを頭の中では想像していました。語らず置いてきたそんなお話を時々でよいので書き継ぐようにと促して下さったのはポプラ社の小原さやかさんでした。お言葉に甘えてぽつりぽつりと紡いだものが本書であり、『彼方此方《おちこち》の空に粗茶一服』というタイトルは敬愛する作家大島真寿美さんからアイデアをいただきました。京都にいらしたお二人に湯豆腐をつつきながらご相談したのはありがたく懐かしい思い出です。

前作から引き続き魅力的なイラストを添えて下さった柴田ゆうさん、物語の世界観を大切に装丁をまとめて下さった松岡史恵さん、そして誰より、友衛家の動向を今も気にして下さっている読者の皆様に厚く御礼申し上げます。俳優中谷美紀さんには『雨にも〜』から遊馬とカンナを愛して頂き、今回は帯にコメントも頂戴しました。第二章では羽箒研究家下坂玉起先生にさまざまご指導を仰ぎました。感謝の気持ちとともに付け加えておきます。きっとこれからも〈坂東巴流〉は細々と、しかし強《したた》かに続いていくことでしょう。

令和六年夏　　松村栄子

初出
一、三波呉服店《みなみごふくてん》の段 ………… 「asta*」2013年6月号
二、本所鴨騒動《ほんじよかもそうどう》の段 ………… 「asta*」2021年6月号
三、英国溜息物語《えいこくためいきものがたり》の段 ……… 「WEB asta*」2022年8月29日
四、翠初夏洛北《みどりなすしよかのらくほく》の段 ………… 「asta*」2020年6月号
五、今昔嫁姑譚《こんじやくよめしゆうとばなし》の段 ………… 「WEB asta*」2021年6月21日
六、今出川家御息女《いまでがわけのごそくじよ》の段 …… 「WEB asta*」2022年2月3日
七、水月松葉杖《あめにぬれるまつばづえ》の段 ………… 書き下ろし

松村栄子（まつむら・えいこ）
1961年静岡県生まれ、福島県育ち。筑波大学第二学群比較文化学類卒業。90年『僕はかぐや姫』で海燕新人文学賞を、92年『至高聖所（アバトーン）』で芥川賞を受賞。著書に、「粗茶一服」シリーズ、『僕はかぐや姫／至高聖所（アバトーン）』、エッセイに『ひよっこ茶人、茶会へまいる。』『京都で読む徒然草』『夢幻にあそぶ　能楽ことはじめ』、詩集に『存在確率——わたしの体積と質量、そして輪郭』などがある。京都市在住。

彼方《おち》此方《こち》の空に粗茶一服

2024年9月18日　第一刷発行

著　者　松村栄子
発行者　加藤裕樹
編　集　小原さやか
発行所　株式会社ポプラ社
〒141-8210 東京都品川区西五反田3-5-8　JR目黒MARCビル12階
一般書ホームページ　www.webasta.jp

組版・校閲　株式会社鷗来堂
印刷・製本　中央精版印刷株式会社

N.D.C.913/238p/19cm ISBN978-4-591-18257-4

P8008466